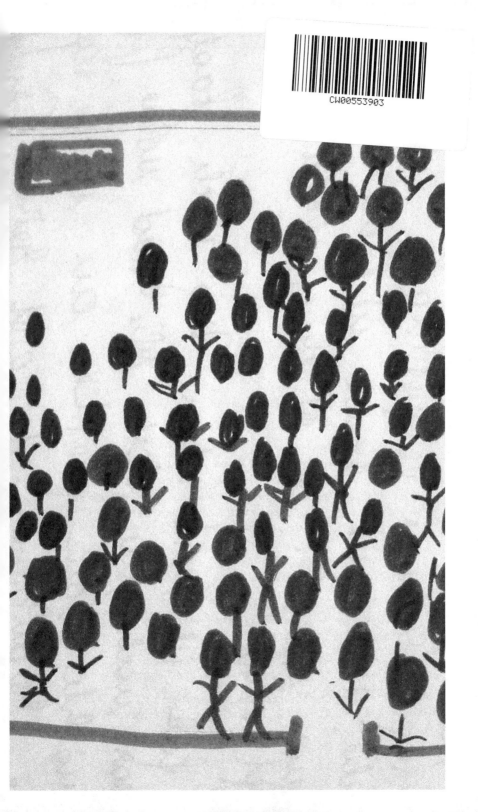

Bibliografische Information der Deutschen Nationalbibliothek:
Die Deutsche Nationalbibliothek verzeichnet diese Publikation in der
Deutschen Nationalbibliografie; detaillierte bibliografische Daten sind im
Internet über http://dnb.d-nb.de abrufbar.

1. Auflage	Januar 2009
© 2008	edition riedenburg
Verlagsanschrift	Anton-Hochmuth-Straße 8, 5020 Salzburg, Österreich
Internet	www.editionriedenburg.at
Lektorat	Heike Wolter, Regensburg
Satz und Layout	edition riedenburg
Herstellung	Books on Demand GmbH, Norderstedt

ISBN 978-3-902647-13-9

Karin Dachs

Die Nonnenfrau
Ein ungewöhnlicher Weg

Roman

Für meine Eltern in Dankbarkeit,
für die Ordensschwestern, die mich begleitet haben,
und in Liebe für meinen Mann und unseren Sohn.

Inhalt

Zutritt verboten I

Die Wohnungstür steht offen. Ich höre Wilhelms Schritte näher kommen. Mit ausgebreiteten Armen versperre ich ihm den Weg.

„Zutritt verboten!", rufe ich ihm lachend entgegen. Er legt seine starken Arme um meine Hüften, hebt mich hoch und trägt mich in die Wohnung. Ich stütze mich auf seinen Schultern ab und wir geben uns einen langen, ausführlichen Kuss.

„So, jetzt aber wieder an die Arbeit!", sagt er und stellt mich sanft auf den Boden zurück.

„Es ist fast alles fertig", antworte ich.

Wir nehmen uns an der Hand und gehen gemeinsam durch die Zimmer.

„Wir werden einige Möbelstücke auf dem Dachboden verstauen, alles hat sicher nicht Platz", sagt Wilhelm nachdenklich. Ich bin damit einverstanden und bemerke im gleichen Moment, dass ich vergessen habe, meine Schreibtischlade auszuräumen.

„Wie konnte ich das nur übersehen?!"

„Komm, das haben wir gleich", motiviert mich Wilhelm. Er stapelt herumstehende volle Schachteln und setzt sich darauf, dann zieht er mich zu sich auf den Schoß und wir öffnen gemeinsam die Lade. Der Inhalt wird sortiert und alles Wichtige in einem leeren Karton gesammelt.

„Schau, eine unbeschriftete Diskette", ruft Wilhelm auf einmal. „Brauchst du die noch?"

„Da hab ich mal mein Leben aufgeschrieben. Ist nicht so wichtig", antworte ich kurz und werfe das schwarze Plastik über meine Schultern zurück in Richtung Müllsäcke.

Ruckartig steht Wilhelm auf und steuert auf die Diskette zu.

„Das kannst du doch nicht machen!", regt er sich auf und gibt sie mir zurück.

„Was soll ich noch damit?", rufe ich zornig. „Das war einmal und ich weiß ja gar nicht mehr genau, was ich damals alles aufgeschrieben habe!"

„Dann lass uns doch nachschauen", will mich Wilhelm beruhigen.

„Wie denn, unser Laptop hat doch gar kein Diskettenlaufwerk mehr, schade um die Zeit. Fahren wir lieber jetzt zu dir, dann können wir heute noch einiges einräumen", antworte ich ungeduldig.

„Gib mir die Diskette!", fordert Wilhelm.

„Meinetwegen, behalt sie, wenn du unbedingt willst!", sage ich forsch. Ich nehme meine letzte volle Schachtel mit einem Ruck hoch und gehe hinunter zum Auto.

„Absperren wäre nicht schlecht!", ruft mir Wilhelm nach.

„Kannst du machen, der Schlüssel steckt", meckere ich ihn an. Ich bemerke, wie sich meine gute Laune plötzlich verschlechtert. Wir sitzen schweigend im Auto und hören Musik.

„Wieso fährst du nicht geradeaus, in deine Wohnung?", frage ich ungehalten.

„Erstens ist das ab heute unsere Wohnung", antwortet mir Wilhelm, „und zweitens fahren wir jetzt zuerst in mein Büro und werden dort deine alte Diskette auf eine CD kopieren."

„Ich komme nicht mit, ich geh lieber noch etwas an der frischen Luft spazieren", protestiere ich.

„Gut, wie du meinst", antwortet Wilhelm.

Er geht in sein Büro und ich spaziere die Straße auf und ab. Dabei denke ich an unsere Zukunft. Wir wünschen uns ein Kind. Ich kann es gar nicht fassen. Ab heute werden wir zusammen wohnen und vielleicht werden wir bald eine richtige Familie sein. Bei diesen Gedanken kommen mir die Tränen und ich fühle mich unendlich beschenkt.

Ich sehe ihn zurückkommen und wische mir schnell die Tränen weg. Lachend laufe ich ihm entgegen und wir steigen zurück ins Auto.

„Hast du dich wieder beruhigt?", fragt er mich.

„Ja, ich hab gerade an unsere Zukunft gedacht", antworte ich und streichle dabei Wilhelms Nacken.

Zu Hause angekommen schleppen wir die vollen Kartons und Kisten die Stiegen hoch, bis das Auto leer geräumt ist.

„Geschafft!", stöhnen wir völlig außer Atem.

Nach dem Abendessen kommt Wilhelm mit einer geöffneten Flasche Wein und zwei Gläsern auf mich zu.

„Komm, setz dich zu mir", sagt er zärtlich und zieht mich ganz nahe an sich heran.

Er öffnet den Laptop und startet die CD.

So viele Schranken

Mutter und ich gehen gemeinsam einkaufen. Sie führt mich an der Hand, aber ich bin müde und möchte getragen werden. „Mama, trag mich!" Mühsam bückt sie sich und hebt mich hoch. Kurz darauf stellt sie mich wieder auf den Boden zurück. Ich schreie, blicke zu ihr hoch: „Trag mich!" „Ich kann dich nicht mehr tragen, du bist mir zu schwer. Geh weiter, wir müssen pünktlich zum Kochen zurück sein!" Mamas Stirn glänzt, sie ist heute anders, ihr Gesicht ist blass.

Im Geschäft muss ich brav sein. Betteln gehört sich gar nicht! Also stelle ich mich tot. „Weil du so brav bist, bekommst du eine Tafel Schokolade!" Stolz öffne ich meinen eigenen kleinen Einkaufskorb und will meine Schokolade selber nach Hause tragen. Mutter schleppt eine volle Tasche. Wir gehen immer langsamer. Auf einer Bank stellt sie die Tasche ab und setzt sich.

Sie seufzt. „Die Schmerzen werden immer ärger, wie lange schaffe ich das noch?"

Ich mag die Schokolade gar nicht mehr. Ich möchte, dass Mutti wieder fröhlich ist, halte mich an ihrem Bein fest und warte.

Zu Hause muss ich die Hälfte der Schokolade an meinen Bruder abtreten.

In der Küche ist an der Wand ein abgewetzter Fleck. Das ist mein Platz. Täglich stehe ich hier und schaue Mutti beim Kochen zu. Immer öfter beginnt sie zu schwitzen und holt sich einen Sessel. „Was schaust du so?", fragt sie mich. „Hol dir aus dem Esszimmer den Schemel, dann kannst du mir helfen!" Salatwaschen ist gar nicht so einfach. Deshalb werden die ersten selbstgewaschenen Blätter ein grüner Matsch.

Gestern, als ich nach meinem Schnuller schrie, erzählte mir Mutti, dass ein Zwerg ihn mitgenommen hat. Ich kann seine Fußspuren an der Fensterbank sehen.

„Was träumst du vor dich hin, bring die Teller und das Besteck auf den Esstisch! Papa wird gleich da sein!" Wir essen und Mutti hat keinen Hunger. Als Papa wieder zur Arbeit geht, helfe ich ihr beim Abwaschen.

Dann soll ich mich ins Bett legen und Mutti setzt sich zu mir. Sie streichelt meine Beine, das habe ich am liebsten, und erzählt mir eine Geschichte. Dabei schlafe ich ein.

Ich liebe den Garten. Am liebsten möchte ich immer draußen sein. „Zieh deine Schuhe an, komm zurück, lauf nicht so schnell, warte auf mich, pass auf, dass du nicht stolperst ..", höre ich Mutti rufen. Frösche gibt es leider nur nach einem Gewitter. Heute sind nur Schnecken zum Spielen da. „Was machst du da? Lass das, das tut man nicht, wasch dir die Hände und komm, wir gehen heim!"

Zu Hause zieht Mutti die Gartenstiefel aus und stöhnt. Meine Schwester, nach der sie ruft, meldet sich nicht. Ich soll nach ihr suchen und finde sie vor dem großen Spiegel in ihrem Zimmer.

„Mutti sagt, du sollst kommen!"

„Sag, ich bin nicht da, und verschwinde!"

„Mutti, Claudia hat gesagt, dass sie nicht da ist!"

Unter großem Gezeter wird Claudia in die Küche abkommandiert. Das Schrankenspiel. Dabei stelle ich einen Besen quer in den Türrahmen, hänge mir eine große Ledertasche um und verlange Passiergebühr. Jeder, der hier durch will, muss mir was geben. Das stecke ich in meine braune Tasche. Ich höre Vaters Schritte und beschließe gleich, ihm meine tollen Schranken zu zeigen, die genauso aussehen wie bei der Mautstelle.

„Blödes Getue!", brüllt Papa, „Lass mich durch!" Einmal nur hat Papa mitgespielt, dann muss ich die Unordnung aufräumen.

Claudia geht

Draußen ist es dunkel. Claudia steht am offenen Fenster und wirft Briefchen hinaus. Unten höre ich eine bekannte Männerstimme lachen. Plötzlich steht Mutti in der Tür. Ihre Augen funkeln, sie geht ins Bad, füllt einen Eimer mit Wasser und schüttet ihn aus dem Fenster. Das Lachen verstummt.

Papa plant mit dem Finger auf der Landkarte den nächsten Wochenendausflug. Alle sollen mitkommen, aber niemand will. Außer mir. Mutti sagt, ich sei ein gutes Beispiel für die anderen zwei.

Papa fährt. Ich sitze hinten, aber ich mag nicht sitzen. Ich möchte lieber stehen und reden.

„Setz dich und gib Ruhe!", sagt er. Ich möchte ja gerne, aber ich kann nicht. Also stehe ich wieder auf und rede weiter. „Halt an, wir werfen sie einfach raus und fahren ohne sie weiter!", meint Mutti. - Stumm sehe ich in die Gegend.

Am Bach ist es kühl. Die Sonne scheint und ich gehe dorthin, wo viele Schmetterlinge sind. Mutti stickt einen Wandbehang. Zu Mittag macht Papa Rührei in einer großen schwarzen Pfanne. Ich halte mich an Papas Hand fest. Wir gehen gemeinsam in den Wald.

Alle schreien durcheinander. Claudia will heiraten.

„Junges Gemüse, grün hinter den Ohren, kein Verstand, Rotzmensch, wofür haben wir dich lernen lassen, undankbares Geschöpf, gerade jetzt, ich brauche dich, ich bin krank!", brüllt Mutti. Claudia schreit: „Ich gehe trotzdem, ich will weg, ich heirate wen ich will!" „Eine Ohrfeige kannst du haben", donnert Papa.

Mutti kann nicht mehr gerade gehen. Sie hält sich an einem Bürosessel mit Rollen fest und läuft so durch die Wohnung. Es wird immer schlimmer. „Schuld an allem ist diese verfluchte Wohnung und die Geburt. Das Kind hat mir die letzten Reserven genommen", höre ich Mutti in der Küche sagen. Und: „Wie soll das weiter gehen? Sie finden nichts!"

Ich nehme meine Plüschkatze und drücke sie fest an mein Gesicht. Ich spüre, wie sie langsam ganz feucht wird.

„Wir haben noch ein kleines Kind", meint Mutti.

Papa seufzt schwer und fährt sich mit beiden Händen übers Gesicht.

Morgens ist Muttis Körper immer ganz steif. Sie ruft mich an ihr Bett und streckt mir beide Arme entgegen.

„Zieh fester, ich kann sonst nicht aufstehen!", befiehlt sie barsch. Mir wird ganz heiß vor Anstrengung.

Ich schiebe ihr den Sessel hin, sie hält sich fest und wir gehen langsam in die Küche.

Claudia ist schwanger. Sie packt ihre Sachen, ich helfe ihr dabei.

Mutti sagt: „So etwas darfst du mir nicht antun, dieses undankbare Geschöpf!"

Ich helfe Mutti beim Staubwischen. Vor dem Haus schüttle ich das Tuch aus. Eine vorbeigehende Frau sieht mich fragend an: „Du hast ja noch gar kein schönes Kleid an, heute heiratet doch deine Schwester!" - „Wir gehen nicht", antworte ich.

Mutti schreit zornig aus dem Fenster, ich solle sofort in die Wohnung zurückkommen, den Mund halten und nicht mit Fremden reden.

Seit Claudia weg ist, kommt sie uns oft besuchen.

Geister, Hexen, Verstricktes

Mein Bruder spielt Geist mit mir. Er trägt schwarze Handschuhe, sein Zimmer ist rot beleuchtet. Unter seinem Bett ist ein riesiger Teddybär für mich versteckt. Ich schreie nach Mutti und möchte davonlaufen. Die Zimmertür ist verschlossen. Ich habe Angst, weine, schreie um Hilfe, doch niemand hört mich. Der Teddybär ist so groß wie ich selbst, ich kann ihn kaum tragen.

Mutti ist jetzt oft weg. Ich warte und warte.

Als sie endlich wieder da ist, spricht sie nicht mehr mit mir. Ich laufe ihr nach ins Bad, wo sie sich vor den Spiegel stellt und ihren Mund öffnet. Es ist ein Mund ohne Zähne. Ich schreie, weine und klammere mich an sie. „Wo sind deine Zähne? Meine Mutti hat keine Zähne mehr!" Aus weiter Ferne höre ich ihre Stimme: „Jetzt bin ich bald gesund, sagt der Arzt."

Sie weint, ich schreie.

Mutti hat mir Stricken beigebracht. Wir sitzen eng nebeneinander. „Schau, dort im Wald wohnen Hexen!", flüstert sie. Ich stricke, und während ich stricke, sehe ich Hexen Grießbrei kochen, Wäsche waschen und den Boden kehren. Mutti erhebt sich mühsam vom Sessel. Ich höre eine alte Hexe stöhnen. Dann ist die Krawatte für Papa fertig. Gibt es auch Hexenkinder? Ich sehe keine. Stolz überreiche ich Papa die Krawatte. Alle schlafen. Ich setzte mich im Bett auf und stricke. Die Zimmertür meines Bruders öffnet sich. Er starrt mich an. „Mach die Augen zu und halt den Mund!" Eine Frau schleicht aus seinem Zimmer.

Keine Menschen, keine Zwerge, keine Mutti!

Immer öfter muss Mutti während des Tages im Bett bleiben, dann spielen wir Krankenhaus. Ich bin die Krankenschwester und mache für sie Tee. Ich bringe die Tabletten und wasche das Geschirr ab. Dann kehre ich den Boden und staube die Möbel ab. Meine Patientin lässt mir keine Ruhe. Es fällt ihr immer wieder etwas Neues ein. Ich muss sehr vorsichtig sein, alle Herdplatten ausschalten; aufpassen, dass ich kein heißes Wasser verschütte; die Türen leise schließen und freundlich sein, wenn jemand kommt. Wenn ich ganz brav bin, wird Mutti bald wieder gesund, hat sie zu mir gesagt.

Ständig muss sie heute aufs Klo und ihr Gesicht ist ganz blass. Sie hält sich die Hand auf den Bauch und geht gebückt durch die Wohnung. Ich bin müde. Gott sei Dank ist Papa da. Ich halte meine Plüschkatze fest und schaue nach Mutti. „Geh schlafen, es ist Zeit. Papa bringt dich ins Bett!", sagt sie.

Ich kann lange nicht einschlafen.

Ich war nicht brav genug.

Mutti ist weg.

„Sie musste nachts ins Krankenhaus", seufzt Papa.

Ich mag kein Frühstück.

Mutti ist weg.

Ich bin allein.

Die Wohnung ist heute viel größer als sonst und mir ist kalt.

Ich gehe durch alle Zimmer, der Boden knarrt unter meinen Füßen.

Mutti ist weg.

Ich weine.

Niemand hört mich.

Ich war nicht brav genug.

Mutti ist weg.

Die Geräusche in der Wohnung machen mir Angst.

„Kommen die Zwerge und werden sie mich mitnehmen?", frage ich mich laut. Ich warte und horche. Die Zeit vergeht. Niemand kommt. Keine Menschen und keine Zwerge. Ich setze mich auf Muttis Bett und räume ihr Nachtkästchen aus. Zu Mittag kommen Papa und Claudia. Sie reden davon, wie alles weitergehen soll.

Dann nimmt Claudia mich mit.

Du bleibst bei mir!

Hier also wohnt Claudia mit ihrem Mann und dem Baby. Es riecht ganz anders als bei uns zu Hause. Das Baby schreit. Claudia schaukelt den Wagen, dann geht sie einkaufen. Ich bin mit der Kleinen allein. Sie beginnt zu schreien, ich rüttle am Kinderwagen. Das Schreien wird heftiger. Was soll ich tun? Ich drücke ihr ein Kissen vors Gesicht. Das Schreien verstummt, ich atme auf. Claudia kommt zurück. Stolz zeige ich auf den Kinderwagen. Sie reißt das Kissen weg, zieht Melanie heraus und haut mir auf den Hintern. Melanie weint und ich auch.

Mutti ist wieder da.

„Mach die Lade auf, nimm die Haferflocken, nein, die andere Packung, unten rechts die Pfanne, stell sie auf den Herd, die kleine Platte, schalt auf drei, nimm den Löffel, gib drei Löffel Haferflocken hinein, nimm die Pfanne, sei vorsichtig, sie ist heiß, geh zum Wasserhahn, lass Wasser hinein, ein bisschen mehr. Brav, jetzt rühr um, stell sie auf die Platte, rühr um, dort ist Salz, nicht so, hol den Sessel und steig hinauf, fall nicht runter, so, jetzt gib Salz hinein, genug ..."

Mutter seufzt. „Verdammte Krankheit, verfluchte Medikamente, einen Magendurchbruch hab ich davon, sonst wird nichts besser. Selber hätte ich schon drei Suppen gekocht, diese Anstrengung, jeden Handgriff erklären zu müssen."

Die Suppe ist fertig. Ich bringe sie Mutti. Sie isst langsam, ich darf mitessen. Mir schmeckt die Suppe.

Mutti ist wieder da.

Es klingelt an der Tür. Ich öffne. „Ein Paket!", ruft der Briefträger. „Wir haben nichts bestellt", antwortet Mutti aus dem Esszimmer. Er zeigt mit dem Finger auf das Paket. „Hier steht dein Name!" Ich laufe zu Mutti. „Das ist für mich!" „Er soll es mitnehmen, wir haben nichts bestellt!" Der Briefträger stellt das Paket in den Flur und geht.

Wann darf ich reinschauen?

Am Abend kommt Papa, dann mein Bruder Stani. Wir stehen alle um das Paket herum. Papa weiß auch nichts. Stani lacht, holt das große Kü-

chenmesser und schneidet wild durch den Karton. Er holt ein Dreirad daraus hervor, setzt mich drauf und schiebt mich durch die Wohnung. Ich lache. Mutti geht mit mir zur Kirche. Dort ist es dunkel und still, es riecht wie im Keller und es brennen viele Kerzen. Ich muss leise sein und darf nicht sprechen. „Hier ist der Herrgott", sagt Mutti. Wir setzen uns hinten in eine Bank und sind ganz still. Dann sagt Mutti: "Komm, wir gehen, bevor uns der Pfarrer sieht!"
Auf dem Heimweg begegnen wir zwei großen, seltsam in schwarz gekleideten Frauen. „Du bist aber schon groß", sagt die eine. „Möchtest du nicht zu uns in den Kindergarten kommen?" „Nein, danke", sagt Mutti. „Sag schön ‚Auf Wiedersehen' und komm!" Wir gehen weiter. „Mutti, was ist das ein Kindergarten und was waren das für Frauen?" „Das waren die Schwestern vom Kindergarten, die fangen Kinder ein. Du brauchst nicht in den Kindergarten zu gehen. Du hast mich und ein Zuhause. Das ist nur etwas für Kinder, für die die Mutti keine Zeit hat. Du bleibst bei mir!"

Im Sack

Ich stehe vor Stanis Zimmertür und horche. Da ist noch jemand in seinem Zimmer. Die Tür geht auf, Stani zieht mich in sein Zimmer und schließt ab: „Tu was ich dir sage und kein Wort davon zu Mutti oder Papa!" Der Andere lacht. „Schau mich nicht so dumm an", sagt Stani. „Wenn du jetzt nicht folgst, kommt nachts ein Zwerg, steckt dich in einen Sack und bringt dich weit fort, dann siehst du uns nie wieder!" Weit fort? Weg von Mutti? „Der Zwerg wartet schon mit dem Sack", droht Stani, „Geh jetzt ins Schlafzimmer und hol den Autoschlüssel aus Papas Nachttischlade! Aber sei leise und komm sofort zurück!" Ich schleiche mich ins Schlafzimmer und hole den Schlüssel. Weit fort von Mutti, in einem Sack? – Ich laufe mit dem Schlüssel zurück zu Stani. Beide lachen, Stani nimmt den Schlüssel und springt im Zimmer auf und ab. „Ist der Zwerg jetzt weg?", frage ich. „Nein", sagt Stani, „er wartet die ganze Nacht vor der Tür und wenn du was sagst, bist du weg. Verschwinde jetzt!"
Es wird Abend. Mutti und Papa sitzen in der Küche. „Die ist heute so ruhig", sagt Mutti. Und: „Fehlt dir was?" Ich laufe in mein Zimmer und drücke die Plüschkatze fest an mich. Dann muss ich ins Bett. Ob der Zwerg mich sieht? Ich sehe ihn nicht!
Ich rühre mich nicht, bis ich Papas Stimme höre: „Wo hast du die Autoschlüssel hingetan?" „Ich hab sie nicht", ruft Mutti, „was soll ich damit? Du fährst und sonst niemand!" Beide schauen mich an. „Was machst du hier noch, geh schlafen, und lauf nicht barfuß herum!"

„Stani hat den Schlüssel und ich komme in den Sack!", murmele ich.
Papa schreit: „Mistkerl, Unsinn, bodenlose Frechheit!" Ich weine.
„Die schläft heute bei uns!", sagt Mutti und: „Wenn der heimkommt!"

Der Ernst des Lebens

Ich fahre Schi. Claudia hat von ihrem Mann Schi fahren gelernt. Ich möchte
auch. Papa und Mutti sind dagegen. „Solche Flausen, wir haben andere Sorgen, du bist zu klein, Schi fahren ist gefährlich", sagen sie. Ich frisiere meine
Puppe und möchte Schi fahren. Dann hole ich zwei von Muttis Staubtü-
chern aus dem Schrank. Da stelle ich mich drauf, schiebe abwechselnd ein
Bein vor das andere und sause durch die Wohnung. Ich bin glücklich, ich
fahre Schi.

„Der Ernst des Lebens beginnt", sagt Mutti. Papa bringt mir eine große
braune Tasche mit. „Die musst du auf dem Rücken tragen, sonst bekommst
du eine krumme Wirbelsäule!" Am Morgen läutet es an der Tür, draußen
wartet die Nachbarin mit Andi. Gemeinsam gehen wir in die Schule. „Sei
brav und reiß dich zusammen!", sagt Mutti.

Mutti liegt den ganzen Tag im Bett. Ich habe Hunger. Endlich kommt
Papa, er hat eingekauft. Ich mache mir ein Butterbrot und setze mich an
Muttis Bett. Sie weint. Dann kommt der Arzt. Er sagt, dass es keine andere
Möglichkeit gibt als das Krankenhaus. Papa seufzt, Mutti weint und schaut
mich an. „Ich muss ins Krankenhaus", sagt sie, „Du bleibst bei Papa. Claudia
und Stani sind ja auch noch da." Das Butterbrot fällt mir aus der Hand. Ich
will bei Mutti bleiben, ich habe Angst. Wir packen eine große Tasche mit
ihren Sachen ein. „Wir zwei müssen jetzt ganz stark sein", sagt sie. „Ich bin
bald zurück und dann bin ich wieder gesund!" Ich möchte schreien, weinen
und Mutti festhalten. Ich kann nicht schreien und nicht weinen, ich bleibe
bei Papa.

Ich bin groß und stark und stumm.

„Wir machen eine Ausnahme", sagt der Arzt, „Kinder dürfen sonst hier nicht
rein!" Mir gefällt es hier nicht, es riecht komisch, mir ist schlecht. Mutti liegt
im Bett. Ich setze mich zu ihr, es ist nicht wie zu Hause. Es sind noch zwei
Frauen im Zimmer, die ständig mit mir reden. Ich mag aber nicht mit diesen
Fremden reden. Ich will mit Mutti alleine sein und sie bald mitnehmen.

Dann kommen zwei Ärzte. Sie wollen mit Mutti und Papa reden. Ich
warte draußen. Eins, zwei, drei, ..., neunzehn, zwanzig. Das dauert lange.
Bestimmt sagen sie Papa, wann er Mutti abholen kann. Die Tür öffnet sich,
ich darf wieder hinein. „Mutti, wann holt dich Papa?" „Komm, setz dich her
zu mir! Du bist schon groß und gescheit und hast Papa. Sie müssen meine

Knie operieren, sonst kann ich nie wieder gehen!" Nie wieder gehen? Ich habe Papa!
Ich bin groß und gescheit! Mutti bleibt also hier und wir fahren wieder zurück. Vielleicht kommt sie auch nie wieder nach Hause. „Sei froh, dass du gerade Glieder hast", höre ich Mutti sagen. „Hier gibt es ein Kinderkrankenhaus mit vielen armen Kindern! Du bist gesund und kannst gehen, also nimm dich zusammen!" Sie gibt mir zwei Buttersemmeln für die Heimfahrt. Ich stehe ganz nahe bei Mutti und wir schauen uns an. Papa nimmt meine Hand. Wir gehen.

Alles ist anders

Ich darf es Mutti nicht sagen, ich darf es nicht sagen ... „Mutti darf nicht erfahren, dass wir in eine neue Wohnung ziehen", hat Papa gesagt und dabei den Zeigefinger vor meinen Augen erhoben.
Nicht mitfahren heißt, Mutti nicht sehen. Ich fahre nicht gern mit dem Auto, diesen Sonntag ist es besonders schlimm. Papa muss anhalten, ich muss brechen. Meine Kleider sind schmutzig, Papa schimpft, ich weine. Wir fahren weiter.
Was mache ich, wenn Mutti mich fragt?
Dieses Mal darf Mutti im Bett sitzen. Papa zieht sie hoch. Sie sitzt am Bettrand. Ich gehe lieber nicht zu ihr. Ich stelle mich weit weg, dann kann ich leichter davonlaufen. Mutti fragt: „Was ist los mit dir?" „Sie hat während der Fahrt gebrochen", sagt Papa, „sonst fehlt ihr nichts!" Mutti schaut mich besorgt an und erinnert mich daran, vor einer Autofahrt keinen Kakao zu trinken. „Das hat ihr nie gut getan", sagt sie zu Papa, „Du musst schon klüger sein als das Kind. Deshalb ist sie heute so verschreckt und Flecken sind auch auf dem Kleid"
Papa richtet Wasser zum Waschen. Er wäscht und trocknet Muttis Körper. Ich schaue zu.
„Die Zeit vergeht am Sonntag immer so schnell", sagt sie. Papa hilft ihr wieder ins Bett und wir verabschieden uns.
Ich hab's geschafft, ich habe nichts verraten.
Ich suche nach meiner Plüschkatze und kann sie nicht finden. Alle unsere Sachen sind in Kisten, Schachteln und Koffer verpackt.
Papa, Stani, Claudias Mann und zwei andere tragen die Möbel, die Waschmaschine, Kisten und Schachteln die Treppe hinunter. Alles kommt in einen großen Lastwagen. Sie haben alles ausgeräumt. Ich will hier nicht weg. Das hier war der Platz, wo Mutti war. Sie nehmen mir Mutti, sie nehmen mir alles!
Mutti, Mutti, Mutti ...

Papa ruft nach mir. Er zieht mich hinter sich her durch die ausgeräumte Wohnung. „Wir kommen hier nicht mehr zurück", sagt Papa. „Unsere neue Wohnung ist viel heller und für Mutti gesünder!"

Mutti, Mutti, wo bist du?

Mein Taschentuch ist nass. Meine Beine zittern. Der Lastwagen ist weg und auch wir fahren. Die Fahrt dauert lange. Papa schweigt.

Ich denke an Mutti, sie darf es nicht erfahren.

Sie haben alles ausgeräumt, sie haben mir Mutti genommen. Häuser, Bäume und Wiesen ziehen vorüber. Wo sind wir? Hoffentlich wird mir nicht wieder schlecht! Mein Kopf tut weh, die Augen brennen. Wie sieht es dort aus, wo wir hinfahren?

Ich muss in eine neue Schule. Jetzt sind Weihnachtsferien. Bald muss ich dort in die erste Klasse gehen. Ich kenne niemanden. Andi und ich sind gemeinsam von der Schule nach Hause gegangen. Jetzt bin ich alleine.

Claudia kommt nicht mit, aber Stani.

Ich bin so müde, ich mag nicht mehr. Dann schlafe ich ein. „Wir sind da", höre ich Papa rufen. Der Lastwagen ist auch schon da und alles wird die Treppe hinaufgetragen. Langsam gehe ich hinauf. Ich will nicht. Ich will zurück in Muttis Wohnung.

Hier ist alles anders.

Die Zimmer sind so groß. Ich schaue in den Kisten nach meiner Katze. Ich will hier weg. Es gefällt mir nicht. Endlich habe ich meine Katze gefunden. Wir schauen zusammen aus dem Fenster. Auf der Uhr gegenüber schlägt es fünfmal. Ich halte meine Katze fest an mein Gesicht und setz mich in eine Ecke. Hier bin ich sicher. Ich muss aufs Klo. Wo ist es? Warum kann Mutti nicht da sein? Papa hört mich nicht. Er arbeitet mit den anderen. Wenn ich das Klo finden will, muss ich diese Ecke verlassen. Ich will aber die Ecke nicht verlassen. „Papa, hier ist kein Klopapier", rufe ich. „Dann nimm ein Taschentuch und lass mich in Ruhe arbeiten!" Ich krame in den Kisten herum, finde die Taschentücher von daheim und kann endlich aufs Klo.

Die Männer und Claudias Mann verabschieden sich. Papa und ich sind alleine. Ich habe Hunger und Durst.

Wir gehen hinunter zum Bahnhof, dort gibt es ein Gasthaus. Obwohl ich Hunger habe, schmeckt mir das Essen nicht. Lauter fremde Leute sitzen hier herum. Wir gehen zurück in die Wohnung. Ich schlafe auf einer Matratze neben Papa. Ich schaue in die Dunkelheit.

Ein Platz wird mir zugeteilt

Mutti weiß alles. Ich habe nichts gesagt. Papa hat einen roten Kopf: „Du hast dich dort nie wohlgefühlt, ich wollte dir helfen, dich nicht aufregen, wenn du heimkommst, sollst du es besser haben!" Sie schaut mich an: „Und du hast mir auch nichts gesagt! Von anderen hab ich es erfahren müssen, so eine Blamage! Verdammte Krankheit, Verrecken wäre das Beste!" Muttis Gesicht verkrampft sich. Sie weint. Ich fühle mich schuldig.

Ich helfe Papa die Wohnung herrichten. Er hat Urlaub, ich Ferien. Dann muss ich in die Schule. Papa geht mit und verspricht mir, mich nach der Schule wieder abzuholen. Die Lehrerin ist freundlich. Alle schauen mich an. Ein Platz wird mir zugeteilt. Ich sitze und schaue und versuche zu tun, was die Lehrerin will. Es läutet, alle laufen hinaus. Die Lehrerin geht mit mir, ich stopfe meine Patschen ins Patschensackerl und ziehe die Schuhe an. „Papa holt mich ab", sage ich stolz und gehe. Am Schulhof warten viele Kinder. Sie stehen in Gruppen beisammen und lachen. Ich stehe da und schaue nach Papa. Er kommt bestimmt, er hat es mir versprochen! Die Kinder werden immer weniger, ich bleibe alleine zurück. Ich gehe auf und ab und auf und ab ... Papa kommt nicht. Ein Herr bleibt stehen und fragt, wohin ich gehöre. „Ich warte auf Papa!" Er will mir den Weg zeigen, ich habe Angst. Endlich sehe ich Papa kommen. Ich weine. „Ich konnte nicht früher weg.", sagt er, und „Du musst dir den Weg merken!" Er nimmt meine Schultasche. Wir gehen heim.

Papa kocht Nudeln mit Ei und Salat. Anschließend geht er wieder arbeiten. „Ich will mit, ich will mit ..., ich bleibe hier nicht allein!" Papa nimmt mich mit. In seinem Büro ist ein kleiner runder Tisch. Hier darf ich sitzen und meine Hausaufgaben machen. Papa muss oft hinaus in ein anderes Büro. Dann bin ich alleine. Ich spiele mit der Tischdecke. Die Blumenvase fällt um, alles ist nass. Was wird Papa sagen? Er schimpft mich bestimmt. Ich höre ihn kommen. Er wirft mir einen bösen Blick zu und holt die Putzfrau. Jetzt habe ich Papa enttäuscht.

Jeden Tag nach der Schule bin ich in Papas Büro. Vor seinem Büro sitzt ein netter Herr. Wenn Du was brauchst, hat Papa gesagt, kannst du ihn fragen, wenn ich nicht da bin. Meine Hausaufgaben sind fertig. Ich muss besser aufpassen, hat die Lehrerin gesagt, ich mache zu viele Fehler. Wenn Papa zurückkommt, schaut er meine Aufgaben durch. Ich warte und schaue aus dem Fenster.

Ein Zug kommt an. Es quietscht. Die Türen öffnen sich. Viele Leute steigen aus. Sie kommen alle direkt auf mich zu. Die Türe zu dem netten Herrn steht offen. Er ist nicht da. Keiner ist da. Die Leute können alle herein. Sie holen mich von hier weg! Was geschieht mit mir? Ich warte ganz leise hinter der Tür. Dann höre ich Papa lachen. „Was machst denn da hinten?", fragt er mich. „Alle Leute sind hierher gegangen", sage ich. Papa lacht. „Nebenan ist der Ausgang, sie müssen hier vorbei!"

„Komm, pack deine Sachen, wir gehen einkaufen!", sagt Papa zu mir. Ich mag einkaufen mit Papa. Er nimmt meine Hand und wir gehen den Gehsteig entlang zu unserem Geschäft. Die Verkäuferinnen sind nett. Papa kauft immer Schokolade für mich. Ich hab schon eine ganze Lade voll. Am Abend, wenn Papa mit der Bohrmaschine in der Wohnung herumarbeitet, esse ich Schokolade mit meiner Plüschkatze. Papa hat mir die Bohrmaschine erklärt. Ich mag sie nicht, ihr Geräusch tut in meinen Ohren weh. Er schafft mir nie Arbeit an, so wie Mutti. Papa kann ich lange zuschauen.

„Deine Fragerei geht mir auf die Nerven", sagt er, „Geh spielen oder bleib hier, aber sei ruhig!"

In der Schule gefällt es mir gut. Einmal sagt die Lehrerin vor der Klasse, dass meine Mutti im Krankenhaus ist und dass ich deshalb nicht so fröhlich sein kann wie die anderen.

„Gib die Fotos weg!", befiehlt Mutti. „Glaubt ihr, ich hab da was davon?"

„Umbringen wäre mir am liebsten, wenn nicht die Kleine noch wär. Du kannst auch ohne mich leben", schreit sie Papa an. „Aber die da braucht mich!"

„Sie braucht was zum Anziehen! Claudia soll was kaufen!"

„Ich kann nichts für meine Krankheit, ich will raus hier! Diese verdammten Stecken kann ich nicht mehr sehen, ich muss gehen lernen wie ein Kind! Das soll mir mal einer nachmachen!"

Ich steige von einem Fuß auf den anderen und beiße mir auf die Zunge. Mit den Fotos wollten Papa und ich Mutti Freude machen. Wir wollten ihr die Wohnung zeigen. Sie will sie gar nicht sehen.

Hedwig und Theodor

„Nein, nein, ich will nicht dorthin!" - „Warum?" - „Zu Andi hab ich nie gehen dürfen." Ich weine, ich schreie, meine Beine stampfen abwechselnd in den Boden.

„Jetzt ist aber Schluss!", schimpft Papa. „Mutti wird noch mal operiert, du kannst nicht immer bei mir im Büro sitzen!"

„Diese Frau ist nett, nach dem Mittagessen bringe ich dich morgen zu ihr!" - „Aber ich soll nicht mit Fremden reden, hat Mutti gesagt" „Red keinen Unsinn. Sei froh, wenn uns jemand hilft!" - „Ich sag es Mutti und auch, dass du grantig bist!"

Ich höre, wie Stani die Wohnungstür aufschließt. „Stani, Stani, ich muss morgen zu einer fremden Frau, den ganzen Nachmittag!" „Ha, ha!", lacht Stani, „Sag ihr einen schönen Gruß und wenn sie dir nichts zum Essen gibt, dreh ich ihr den Arm um!"

„Pack deine Sachen zusammen!", sagt Papa, „Wir müssen uns beeilen!" Hefte, Buntstifte, mein Malbuch und meine Plüschkatze packe ich in die Schultasche. Wir schließen die Wohnungstür ab und Papa bringt mich zu dieser Frau. Mein Herz klopft viel schneller als sonst. Sie erwartet uns schon. Papa gibt mich hier ab. Er sagt zu mir: „Bleib brav, ich hole dich nach der Arbeit!" Dann ist er weg.

Die Frau ist groß und alt. Ihre Wohnung hat nur zwei Zimmer. Das Klo ist am Gang. Ich muss jetzt leise sein, ihr Mann schläft. Ich setze mich hinter den Tisch auf die Bank und warte. Sie sitzt mir gegenüber und redet. Hedwig heißt sie und ihr Mann Theodor. Theodor hat oft Kopfweh und kann schlecht schlafen, das hat er vom Krieg mitgebracht, erzählt sie. Sie gibt mir ein Glas Limonade. Ich trinke, das Glas fällt mir aus der Hand. Ihr Mann ist groß wie ein Bär, hat eine tiefe Stimme und einen dunklen Bart. Er kommt auf mich zu und gibt mir die Hand. Meine Hände werden ganz feucht, ich will weg! Ich will zu Papa! Ich gehe zu Papa, er wird mich schimpfen, wird es Mutti erzählen. Ich bleibe nicht hier, niemals!

Die Frau nimmt das nasse Tischtuch weg, wischt den Tisch ab und sagt, ich solle die Hausaufgaben machen. Mir ist kalt, meine Hände sind nass. Wie komme ich da hinaus? Theodor sitzt da und beobachtet mich. „Hast du keine Aufgabe?", fragt mich die Frau. Aufgabe? Weglaufen? Theodor der Bär! „Ich muss aufs Klo", sage ich. Hedwig geht mit mir hinaus. Ich schließe hinter mir ab und setze mich hin. Hier bin ich sicher, hier warte ich auf Papa. Ich höre Stimmen. Hedwig ruft nach mir. Ich stelle mich taub. „Komm jetzt!", befiehlt sie. „Andere wollen auch aufs Klo."

„Ich bleibe hier, bis Papa kommt!" - „Wenn du raus kommst, besuchen wir Papa!"

Ich gehorche. Wir besuchen wirklich Papa, dann gehen wir spazieren.

Am nächsten Tag habe ich keine Hausaufgaben mit. Ich schäme mich vor der ganzen Klasse. Die Lehrerin droht: „Wenn das nochmals vorkommt, muss ich deinen Vater sprechen!" Mein Herz klopft immer schneller, ich stottere: „Ich kann dort nicht!" Die Lehrerin sieht mich an und schüttelt den Kopf, die anderen lachen.

Jeden Nachmittag verbringe ich bei Hedwig. Ich mag sie inzwischen und auch Theodor, der große Bär, kann lustig sein und mit mir spielen. Ich mache immer zuerst die Hausaufgaben. Meine Plüschkatze hat ihren Platz neben mir und sieht mir zu. Danach gehen wir spazieren, Schlitten fahren oder spielen zu Hause. Hedwig zeigt mir das Kinderfoto, das an der Wand hängt. „Das ist mein Bub", sagt sie. „Er hat mit drei Jahren aus einer Flasche Petroleum getrunken, darauf ist er gestorben. Darum pass auf, trink nie etwas, was du nicht kennst!" Sie blickt traurig auf das Foto: „Er ist jetzt mein Schutzengel", sagt sie und hängt das Foto wieder an die Wand.

Wenn ich nicht aufpasse ...

Papa und ich haben alles vorbereitet. Die Wohnung ist sauber geputzt. Meine Spielsachen sind aufgeräumt. Mutti kann heimkommen! Was wird sie sagen? Ob ihr die Wohnung gefällt? Die Zeit vergeht langsam. Was soll ich zu Mutti sagen? Hoffentlich tue ich nichts, worüber sie sich ärgert. Papa geht im Vorzimmer hin und her und schaut ständig auf die Uhr. Endlich. Es läutet.

Mutti liegt auf einer Bahre, zwei Männer tragen sie herein. Sie heben sie auf ihren roten Drehsessel und stellen zwei Krücken an die Wand. Papa gibt den Rettungsmännern Geld. Dann sind wir mit Mutti alleine. Ich tue alles, alles, wenn sie nur nicht weint! Ich traue mich fast nicht, Mutti anzuschauen. Sie ist ganz anders. Sie sitzt bewegungslos auf ihrem Sessel. Es ist ganz still in der Küche. Ich höre, wie die Uhr tickt. Keiner von uns sagt etwas. Soll ich was sagen? Was soll ich sagen?

Papa steht da, ich stehe da und Mutti sitzt in der Mitte der Küche. Sie verzieht das Gesicht und weint. „Mutti, schau, das Wohnzimmer ist so sonnig!" Papa schiebt Mutti mit dem Sessel zum Wohnzimmer. „Pass auf, der versteifte Fuß, au, nicht so schnell, mir tut alles weh, sei nicht so grob", ruft Mutti. Sie schaut ins Wohnzimmer und weint. „Warum bin ich so gestraft, warum ich? Wieso hab ich Polyarthritis, ausgerechnet ich? ... Und das alleine genügt nicht, jetzt auch das noch", jammert Mutti. Ich möchte, dass es Mutti hier gefällt. Papa und ich haben uns so viel Mühe gegeben. Ich will alles tun, damit Mutti zu weinen aufhört. Ich schaue ihre Hände an. Sie sind geschwollen und zusammengezogen. „Bitte Mutti, nicht weinen!", sage ich und lege meine Hand vorsichtig auf ihre. „Du brauchst mich!", sagt sie. „Ich hab immer gebetet, bitte Herrgott, lass mich nicht sterben, ich hab noch ein Kind. Die anderen zwei sind alt genug, aber du brauchst eine Mutter! Die Operation hab ich überstanden und jetzt geht der Kampf daheim weiter!"

Sie will leben wegen mir?

Sie tut das für mich?

Mutti, ich will dir helfen und auch alles für dich tun. Mutti ist krank. Ich bin gesund. Ich muss dir helfen.

„So nicht, so auch nicht, nein, nicht so, dreh die Krücke, nein, in die andere Richtung!", fordert Mutti. „Wie soll ich da vom Sessel aufstehen?", stöhnt sie. Sie will, dass ich Papa hole. Ich laufe durch die Wohnung und suche ihn. „Schnell, Papa, Mutti kann nicht alleine vom Sessel aufstehen, komm schnell!", rufe ich. „Sofort", antwortet Papa mürrisch. Ich laufe zurück zu Mutti. Ihre rechte Hand stützt sich auf die Krücke Mit der linken Hand hält sich Mutti am Tisch fest und will sich hochziehen. „Stell dich hinter den Tisch und pass auf, dass er nicht wegrutscht", befiehlt sie mir. Wie soll ich das machen? Ich stehe da und schaue Mutti an. „Tu, was ich sage und halt den Tisch!" Ich stelle mich hinter den Tisch. Sie probiert es immer wieder. Mir ist heiß und ich zittere. Was ist, wenn Mutti hinfällt? Sie hat gesagt, sie darf nie hinfallen, weil das ihre Gelenke nicht aushalten würden. Ich halte den Tisch. Ich muss ihn ganz fest halten! Mutti darf nicht stürzen! Papa kommt. „Endlich! Hilf mir und zieh mich hoch!", schreit sie. „Ich muss alleine aufstehen können. Was soll ich tun, wenn ich alleine bin? Ich bin den ganzen Vormittag alleine." Papa hilft Mutti. Sie steht. Sie steht lange auf einer Stelle. Dann schiebt sie das linke Bein vor das rechte und langsam und vorsichtig das rechte vor das linke. „Tragen kann ich nichts", jammert sie, „Ich brauche meine Hände zum Gehen!" Ich gehe langsam hinter Mutti und mache ihre Schritte nach. Wir bewegen uns gemeinsam zum Klo. „Hol eine Wäscheklammer aus dem Bad!", befiehlt Mutti. Ich gehorche, dann mache ich im Klo Licht und öffne die Tür. Mutti sagt, ich soll den Rock hochziehen, ihn mit der Wäscheklammer an der Bluse befestigen, die Unterhose vorsichtig hinunterziehen und dann hinausgehen. „Ich rufe dich, wenn ich fertig bin", sagt sie. Ich warte und horche. Eigentlich will ich spielen gehen. Nein, ich muss jetzt hier auf Mutti warten.

Mutti braucht mich. Sie kann das nicht alleine.

Es dauert lange. Sie ruft mich. Ich muss die Hose weiter hinunterziehen, sonst kann sie nicht ganz am Rand stehen, sagt sie. Sie schickt mich wieder hinaus. Hab ich es richtig gemacht? Hoffentlich! Ich schwitze und beiße mir in die Finger. Mutti, bitte, bitte mach weiter.

Hoffentlich hab ich nichts falsch gemacht!

Endlich ruft sie mich wieder. Ich muss Klopapier abreißen, Mutti beim Abwischen helfen, die Hose hinaufziehen, den Rock wieder richten und hinunterspülen. Mutti sagt, ich soll viel vorsichtiger sein und nicht so anreißen, denn das tut ihr weh. Ich atme tief. Ich werde ganz vorsichtig sein. Schritt für Schritt gehen wir hinaus. Ich drehe das Licht aus und schließe die Tür.

C, D, E, F, G, A, H, C ... Tack, tack, tack

Ich habe ein Xylophon bekommen und bin begeistert. Jeden Abend übe ich Lieder und spiele die Tonleiter. C, D, E, F, G, A, H, C. Papa liest. Mutti versucht auch zu lesen, aber es ist ihr zu anstrengend. Umblättern fällt ihr schwer. C, H, A, G, F, E, D, C.

Mutti ruft, wie jeden Abend um acht Uhr: „Komm jetzt, lass das Spielen, hilf mir, es ist Zeit!"

„Noch ein Lied, Mutti, bitte!" „Eines noch und dann ist es aber genug", sagt sie und schiebt sich mit einer Krücke zum Tisch. Ich spiele schnell und ich weiß, jetzt muss ich aufstehen und Mutti die zweite Krücke geben. Papa zieht Mutti vom Sessel hoch und setzt sich wieder zur Zeitung.

Ich gehe voraus, mache Licht im Klo und warte auf Mutti. Tack, Tack, Tack, ... höre ich ihre Krücken. Ich hüpfe auf einem Fuß und höre auf das Geräusch. „Mutti, schau was ich kann", rufe ich und versuche am Teppich im Vorzimmer, wo Mutti gerade angekommen ist, eine Rolle. „Das haben wir heute in der Schule gelernt", sage ich stolz. Mutti freut sich und sagt, ich soll noch eine machen, aber aufpassen, dass ich nicht bei ihr anstoße. Nun ist Mutti im Klo angekommen. Ich helfe ihr wie immer und warte, bis sie fertig ist.

„Papa, schau, was ich kann!" Er blickt kurz von der Zeitung auf und staunt: „Mmh, nicht schlecht!" Mutti ruft mich.

Ich hüpfe zu ihr, tue alles wie immer und hüpfe voraus ins Badezimmer. „Sei nicht so übermütig! Übermut tut selten gut", mahnt sie mich. Ich nehme Muttis Zahnbürste, spiele mit der Zahnbürste und drücke eine schöne Schlangenlinie heraus, fülle Wasser in den Becher, leere den Becher aus und fülle wieder Wasser ein. Mutti ist noch nicht da, ich kann mich also noch im Spiegel betrachten. Tack, Tack, Tack ... Mutti kommt! Sie stellt sich vor das Waschbecken und ich hänge ihr vorne ein kleines Handtuch um. Die linke Krücke nehme ich ihr ab und gebe ihr den Becher mit Wasser, danach die Zahnbürste, später den Waschlappen und ein Handtuch. Am Schluss bekommt sie wieder die Krücke. Währenddessen sitze ich am Rand der Badewanne und achte auf Mutti. Endlich, fertig! Jetzt ist Papa an der Reihe.

Ich bleibe im Badezimmer und mache mich selber fertig zum Schlafengehen. Mutti geht inzwischen ins Schlafzimmer. „Was ziehst du morgen an?", fragt sie mich. „Den grünen Rock und die helle Bluse", antworte ich ihr. „Dann leg die Kleider auf deinen Sessel, damit du in der Früh alles griffbereit hast!", fügt sie hinzu.

Plötzlich schreit sie nach Papa: „Komm schnell, aua, mein Knie, schnell, halt mich fest, wo bleibst du?" Ich putze gerade meine Zähne. Was ist mit Mutti? Mein Herz klopft schnell und immer schneller. Ich laufe zu ihr, Papa hält sie fest. „Diese verdammten Türschwellen, ich bring den versteiften Fuß nicht drüber", jammert Mutti. „Mutti, hast du dir wehgetan?", frage ich. „Geh und mach dich fertig!", sagt sie und „Schau, dass du bald ins Bett kommst!" Jetzt hüpfe ich nicht mehr herum. Ich gehe langsam ins Bad und wünsche mir so sehr, dass Mutti nichts passiert ist. Meine Schultasche ist eingeräumt und die Kleider für morgen sind auf meinem Sessel.

Nun habe ich noch Zeit, bis Mutti im Bett ist. Ich könnte noch Xylophon spielen, zeichnen oder meine Babypuppe neu anziehen. Nein, es macht mir heute keine Freude.

Ich gehe lieber ins Schlafzimmer, setz mich auf mein Bett und schaue Mutti und Papa zu. Ob Muttis Knie noch weh tut? Mutti sitzt am Bettrand. Papa zieht ihr vorsichtig die Kleider aus und das Nachthemd an. Dann kniet sich Papa vor Mutti auf den Boden. „Pass auf das Knie auf!", befiehlt Mutti. Papa zieht ihr die Schuhe und Strümpfe aus. Ich hole die Einreibung, Papa reibt Muttis Beine damit ein. Dann legen wir Mutti gemeinsam ins Bett.

Ich halte die beiden Füße und Papa hebt Mutti ins Bett. Die Decke ist für sie zu schwer, deshalb kommt vorher ein Drahtgestell über Muttis Beine, dann erst die Decke. Ich verräume die Einreibung und gebe Muttis Kleider, Strümpfe und Schuhe dorthin, wo sie jeden Abend hingehören. Papa ist fertig. Er kommt erst viel später ins Bett. Ich schaue Mutti an. Sie liegt wie immer steif auf dem Rücken. Ich streiche ihr die Haare aus dem Gesicht, sie lächelt mich an: „So jetzt schlafen wir, mach das Licht aus und leg dich in dein Bett." Meine Plüschkatze wartet schon auf mich. Ich lege mich ins Bett, Mutti und ich reden noch ein bisschen, dann schlafe ich ein.

Wochenendgeschichten

Im Bett ist es warm und gemütlich. Ich möchte weiterschlafen, aber Papa zieht mir die Decke weg - ich soll endlich aufstehen, ruft er gähnend.

Mutti ist ungeduldig, sie will aufstehen. Morgens sind ihre Gelenke besonders steif und ihr Rücken schmerzt vom langen Liegen.

Mir ist kalt und ich ziehe mir die Decke bis über den Kopf. Ich möchte noch lange so daliegen. Ich sehe und höre nichts. Sie können mich nicht schimpfen und mir nichts anschaffen. Aber nicht lange.

„Hör auf, so blöd zu spielen", schimpft Papa und meine Decke ist endgültig weg. Papa legt sie hinüber in sein Bett. „Raus aus den Federn, wasch dich und zieh dich an, sonst werden wir nicht fertig", sagt er zornig. Ich flüchte gleich aus dem Bett ins Bad und mache mich fertig.

Inzwischen steht Mutti auf. Papa nimmt ihre Decke und das Drahtgestell vom Bett weg. Mutti hält sich an Papa fest und er setzt sie auf. Ganz langsam und vorsichtig macht Papa das jeden Morgen. Er bandagiert Muttis Beine, zieht ihr den Schlafrock, Strümpfe und Schuhe an. Dann gibt er ihr die rechte Krücke und zieht sie vom Bettrand hoch. Mutti steht lange auf derselben Stelle. „So, jetzt gib mir die andere Krücke, ich hab das Gleichgewicht gefunden!" Mutti beginnt langsam zu gehen.

Ich mache inzwischen mein Bett und gehe dann mit Mutti aufs Klo. Ich warte. Viermal drei ist zwölf und neunmal drei ist siebenundzwanzig ... Ich kann's noch! „Mutti, ich kann's noch!", rufe ich vor der Klotüre. „Prüf mich!" Mutti ist fertig und vom Weg zum Klo in die Küche sage ich Mutti das Einmaleins auf. Sie lobt mich.

In der Mitte der Küche bleibt Mutti stehen. Papa stellt sich mit dem roten Drehsessel hinter Mutti und wartet, bis sie sich langsam niedersetzt. Papa muss dabei einige Schritte zurückgehen und bleibt dabei manchmal mit dem Fuß am Sesselrad hängen. Dann schimpft Mutti und Papa schnauft tief und laut.

Ich richte mein Jausenbrot und das Honigbrot für das Frühstück. Mutti wird zum Tisch geschoben. Ich helfe ihr den Kaffee trinken und gebe ihr ein Stück Honigbrot in den Mund. „Pass auf, der Honig rinnt bei deinem Finger hinunter!" Mutti sieht alles. Ich schlecke mir den Finger ab. Warum sieht Mutti alles? Ich habe vergessen, dass man Finger nicht abschlecken soll. Mutti schimpft und mahnt mich, dass ich mir die Finger abwischen soll. Ich beiße von meinem Brot ab, dann ist Mutti wieder dran. Ich bin fertig, Mutti noch nicht. Ich weiß, ich soll auch nicht so schnell essen, das ist nicht gesund.

Es wird Zeit, ich muss in die Schule gehen. Mutti sagt, ich soll nicht so zappeln und mir die Hände waschen, bevor ich meine Schulsachen anfasse. Endlich! Geschafft! Ich laufe die Stiege hinunter und hinaus ins Freie. Es riecht gut nach frischer Luft. Dann pflücke ich Blumen für meine Lehrerin und hoffe, dass mein Strauß der schönste ist. Sie mag es, wenn wir ihr Blumen in die Klasse stellen. Wer den schönsten Strauß mitbringt, wird gelobt.

Da fällt mir ein, heute ist Montag.

Ich mag den Montag nicht. Jeden Montag müssen wir unsere Wochenendausflüge erzählen. Was soll ich erzählen? Ich weiß schon wieder nichts. Wir waren nicht segeln, wir waren nicht wandern, wir waren nicht schwimmen ... Was soll ich sagen? Ich will was erzählen! Ich will nicht schon wieder von allen so komisch angeschaut werden, wenn ich sage: „Ich habe Mutti geholfen, ich habe gebügelt, ich habe gekocht, was mir Mutti angesagt hat, ich habe gesaugt und den Boden gewischt."

Stolz gebe ich der Lehrerin meinen Blumenstrauß. Sie freut sich und ich darf ihn selber einwässern. Aber mein Strauß ist nicht der schönste. Er besteht nur aus Wiesenblumen. Der von Ute ist schöner. Ihrer enthält einen Enzian, den wir alle bestaunen.

Dann erzählen wir unsere Wochenendgeschichten. Auch ich erzähle: Mein Onkel hat mich abgeholt. Wir waren auf einem Berg und haben einen Adler beobachtet. Die Lehrerin schaut mich erstaunt an. Ich bin zufrieden. Ich habe etwas erzählt.

Die Kleine voraus

Stani wohnt noch immer bei uns, aber er ist selten daheim. Samstags geht er manchmal mit mir spazieren.

Heute will er einen neuen Weg erkunden. Ich bin sehr neugierig und beeile mich, Stani nachzukommen. Wir sind schon weit weg von daheim, bei einem Wasserfall. Ich will nicht mehr weitergehen, der Weg ist mir zu steil und zu rutschig. Stani gibt nicht nach.

Er lacht und ruft: „Faulsack, Feigling, ...!" Also gehe ich weiter. Der Wald wird dichter, der Weg immer enger und steiniger. „Dort hinten ist ein Geheimnis", sagt Stani, „Komm, wer ist schneller?" Stani rennt los. Ich auch. Ich atme und laufe und schwitze und will genauso schnell sein wie Stani. Plötzlich bleibt er stehen. Der Wald ist zu Ende, wir stehen vor einem Hügel. „Horch", sagt Stani, „hörst du das?" Ich horche und höre eine Glocke. Ich nicke voll Aufregung Stani zu und möchte umdrehen. „Nein", sagt Stani, „wir müssen hier weiter." Er zeigt mit dem Finger auf mich: „Du gehst voraus, du bist kleiner!" „Warum ich? Weil ich kleiner bin? Du bist schneller und ich kleiner! Ich will hinter dir gehen", rufe ich. Stani wird zornig: „Geh jetzt weiter und sei nicht so feig", schreit er mich an.

Ich bin schon fast oben. Stani kommt langsam nach. Plötzlich sehe ich vor mir eine schöne Wiese mit Kühen. „Hier sind viele Kühe, Stani", rufe ich. Er packt mich am Arm und zerrt mich zurück. „Umdrehen und lauf, so schnell du kannst", schreit er und rennt den Hügel hinunter, hinein in den Wald. Ich laufe ihm hinterher. Ich rutsche einmal aus und denke an die Kühe und an die schöne Wiese. Warum sind wir nicht weitergegangen? Hat Stani Angst?

Zu Hause erzähle ich es Papa und Mutti. Sie lachen über Stani und sagen: „So ein Feigling, da schickt er doch glatt die Kleine voraus!"

Einmal im Monat und immer ein Samstag

Ich stehe am Fenster und warte, bis die Leute aus der Bahnhofshalle kommen, oder ich stehe am Bahnsteig und hoffe, dass ich sie nicht übersehe. Endlich, da sind sie wieder – Claudia und meine Nichte Melanie. Claudia hat wieder einen Kuchen nach Muttis altem Rezept gebacken und eine Tasche voll mit Milch, Topfen, Butter und Joghurt mitgebracht. Claudia ist schön. Sie hat moderne Kleider und Schuhe mit hohen Absätzen. Ihre Augen sind geschminkt, die Lippen leuchten rot und ihre Fingernägel sind lang und angestrichen.

Mutti ist ganz anders. Sie hat einen Faltenrock, eine Bluse und wenn es kalt ist, eine Strickjacke drüber an. Muttis Hände sind steif und geschwollen. Sie trägt nur Gesundheitsschuhe und warme Strümpfe.

„Da bist du noch mit den Mücken geflogen", sagt Mutti, „als ich so war wie Claudia!" „Ich hab immer viel Wert auf schöne Schuhe und Kleider gelegt, aber ich musste sparen und hab ein Paar Schuhe jahrelang getragen." Ich schaue von Mutti zu Claudia und von Claudia zu Mutti.

„So!", sagt Mutti, „Die schönen Zeiten sind vorbei. Ihr wisst auch noch nicht, wie es euch einmal gehen wird!"

Wie jedes Mal gehen Claudia, Melanie und ich am Vormittag einkaufen. Papa kocht inzwischen. Er kocht Melanies Lieblingsspeise: Nudeln, die ausschauen wie kleine Wagenräder, und eine Soße dazu. Mutti liebt es, wenn es Melanie schmeckt. Die Kleine bekommt dann große strahlende Augen. Während des Essens schimpft Mutti mit Claudia, weil Melanie zu einer Tagesmutter gehen muss. „Ich muss arbeiten gehen. Wie stellst du dir das vor? Wir bauen uns ein Haus, wir brauchen das Geld und wozu bin ich in die Schule gegangen", verteidigt sich Claudia. Melanie tut Mutti leid. „Die arme Kleine", sagt sie und schaut mich an.

Ich esse eine Gabel voll und gebe Mutti eine Gabel voll, dann ich, dann Mutti. „Du hast es viel besser, du hast eine Mutti, die für dich da ist und Zeit hat!" Mir tut Melanie nicht leid. Ich mag Melanie, aber manchmal bin ich auch sauer auf sie. Mutti ist mit Melanie immer lieb und freundlich. Vielleicht weil sie ihre Oma und nicht ihre Mutti ist? Mit mir ist sie viel strenger.

Nach dem Essen sollen Melanie und ich einen Mittagsschlaf halten. Das ist langweilig. Melanie wickelt sich ins Leintuch und hüpft im Bett herum. Das gefällt mir. Ich hüpfe auch. Da steht auch schon Papa im Schlafzimmer und schimpft: „Aufhören, bevor das Bett zusammenbricht!" Mutti schaut mich strafend an und sagt, ich müsste doch gescheiter sein. „Wie soll Melanie folgen, wenn du als ihre Tante nicht weißt, was sich gehört?", sagt sie zu mir. Ich stehe da und bin schuldig. Melanie steht da und ihre Oma lächelt sie an: „Du kannst nichts dafür", sagt sie, „du bist noch so klein!"

Eine richtige Schifahrerin

Heute sind wir in der Schule besonders übermütig – es schneit. „Übermorgen gehen wir Schi fahren", ruft unsere Lehrerin in die Klasse. Es wird noch lauter und alle schreien durcheinander. Ich schreie nicht, ich werde immer stiller. Wir gehen Schi fahren.

Ich auch?

Ich kann gar nicht Schi fahren.

„Pschschschscht!", sagt die Lehrerin und hält sich den Zeigefinger vor den Mund. „Seid leise! Ihr könnt doch alle Schi fahren, oder?", fragt sie. „Jaaaaaa, Jaaaa ..", rufen alle durcheinander. Ich sage nichts. Ich kann es nicht.

Warum kann ich es nicht? Haben Mutti und Papa nicht gewusst, dass man das in der Schule können muss?

Ich habe keine Schi.

Am Heimweg reden alle von übermorgen. Ich gehe hinter den anderen und schaue, wie der Schneematsch spritzt, wenn ich hineinsteige. Ich muss es Papa und Mutti sagen. Papa ist heute schon vor mir daheim – also ist das Essen schon fertig. „Wir gehen übermorgen Schi fahren", sage ich. „Alle gehen mit, ich bin die einzige, die nicht Schi fahren kann." „Dann bleibst du daheim", sagt Mutti. „Es können bestimmt nicht alle Schi fahren", meint Papa. „Doch, alle, nur ich nicht. Warum?" „Deswegen weint man nicht", sagt Mutti. Papa erzählt, dass er früher auch Schi gefahren ist und dass man es lernen kann. Warum ist ihm das nicht schon früher eingefallen? Sie reden hin und her und davon, dass ich Schi bekommen soll.

Wir essen. Papa wäscht das Geschirr ab. Ich hoffe, dass er lange braucht, damit ich nicht sofort abtrocknen muss. Ich trockne ab, Papa geht in den Dienst. Während ich die Hausaufgaben mache, schaue ich immer wieder aus dem Fenster.

Schneit es noch?

Vielleicht ist übermorgen der ganze Schnee weg. Mutti sitzt auf ihrem Sessel und schaut ebenfalls aus dem Fenster. Dann will sie aufstehen. Ich helfe ihr.

Wir gehen aufs Klo. Sie geht in der Wohnung auf und ab. Ich räume meine Schultasche ein und das Handarbeitszeug heraus. Ich stricke. Mutti ruft mich. Ich lege das Strickzeug weg und helfe ihr. Ich stricke weiter und denke – wie geht Schi fahren, ist es schwer?

Mutti ruft mich wieder. Ich lege das Strickzeug weg und schaue nach ihr. Ich stricke weiter. Denn helfe ich ihr niedersetzen. Wir trinken Kakao und essen ein Kipferl mit Butter – einmal Mutti – einmal ich – einmal Mutti – einmal ich… „Du strickst aber unregelmäßig", sagt die Handarbeitslehrerin am nächsten Tag. Ich bekomme die Schi und alles, was dazugehört.

Am Abend ziehe ich zu Hause die Schisachen an und stelle mich im Vorzimmer auf die Schi. Papa freut sich und sagt: „Passt dir gut, bist eine richtige Schifahrerin!" Jetzt habe ich Schi – fahren kann ich nicht.

Was wird morgen sein? Papa begleitet mich in die Schule. Er trägt meine Schi. Ich sage zur Lehrerin. „Ich kann es nicht." „Ich weiß, dein Vater hat es mir erzählt." Dann stehe ich da auf meinen Schiern und schaue, wie die anderen fahren.

Ein geliebtes Kind Gottes

Außer mir und zwei Zeuginnen Jehovas bereiten sich in meiner Klasse alle auf die Firmung vor. Meine Englischlehrerin kommt auf mich zu: „Schade, dass du nicht gefirmt werden kannst, du bist ein so nettes Mädchen! Möchtest du nicht auch?" Ich möchte schon, aber wir tun nicht alles, was die anderen tun, sagt Mutti. Wenn wir mit der Klasse in die Kirche gehen, muss ich immer hinten in der letzten Reihe sitzen und zuschauen und warten. Warum eigentlich?

Die anderen sind alle getauft, ich nicht. Die Religionslehrerin hat gesagt, durch die Taufe werden wir Kinder Gottes und unsere Seele wird ganz rein. Also sind alle Gottes Kinder, nur ich nicht. Wer bin ich? Wessen Kind bin ich denn? Was ist mit meiner Seele?

Zu Hause frage ich meine Eltern. Papa und Mutti werden zornig und erklären mir, dass mich der Pfarrer nicht taufen wollte, weil sie nicht kirchlich verheiratet sind. „Außerdem ist das alles ein blödes Pfaffengetue und wir wollen mit denen nie mehr was zu tun haben", meint Mutti. Beide reden von Ausnützern, Heuchlern, Kerzlschleckern und denen, die nur die reichen Geschäftsleute unterstützen. „Ein anständiger Mensch kannst du auch so werden", sagt Mutti, „Die sind alle nur scheinheilig, falsch und geldgierig." „Aber ich bin dann kein Kind Gottes", schreie ich meine Eltern an. „Warum ich nicht?"

Stani lacht: „Ha ha, du bist ein Heidenkind, ein Findelkind, dich haben wir im Wald unter einem Baum gefunden, du warst dreckig und hast gestunken und sei froh, dass wir dich mit nach Hause genommen haben." Ich fange zu schreien an und schlage auf Stani ein. „Schaut", sagt Mutti, „wie sie gleich hysterisch wird! Reiß dich zusammen, lass diesen Unfug und deck den Tisch für das Abendessen!"

Ich tue, was Mutti sagt.

„Das Teewasser kocht", ruft Mutti. „Mein Gott, du träumst heute wieder mit offenen Augen. Wenn du so weitermachst, sehe ich schwarz!" Ich gieße den Tee auf und höre Stani lachen. In meinem Magen beginnt es zu kribbeln. Ich mag eigentlich nichts essen. Ich richte für Mutti ein Käsebrot und gebe ihr langsam ein Stück nach dem anderen. „Warum isst du nichts?", fragt sie mich. „Hab keinen Hunger." „Das gibt es nicht, du isst jetzt sofort ein Brot!" Ich esse ein Brot und trinke meinen Tee. Ich räume den Tisch ab, spüle das Geschirr. Ich habe einen Riesenzorn auf Stani und möchte auch eine reine Seele haben und ein Kind Gottes sein.

Am nächsten Tag frage ich meine Englischlehrerin, was ich tun müsse, damit ich ein Kind Gottes werde. Sie sagt, ich müsse getauft werden, und wenn ich will, dann spricht sie mit meinen Eltern. Meine Eltern stimmen zu. Schließlich hat sich Claudia vor der Hochzeit auch taufen lassen und danach ist sie wieder ausgetreten. Ich bekomme bei meiner Lehrerin Taufunterricht und sie wird meine Patin. Ich besuche sie regelmäßig und endlich ist es so weit. Meine Mitschülerinnen werden auch zur Feier eingeladen.

Mutti kann wegen ihrer Krankheit nicht kommen. Stani kommt auch nicht, Claudia weiß es gar nicht und Papa kommt erst, als die Feier in der Kirche vorbei ist. Er geht mit uns ins Cafe und bezahlt für alle ein Eis.

Ich bin sehr glücklich und fühle mich wie auf einer Wolke.

Gott liebt mich, ich bin sein Kind, ich werde geliebt.

Papa und ich kommen heim. Mutti ist böse, weil wir so lange weg waren. Sie musste schon lange aufs Klo und keiner war da, um ihr zu helfen. Ich helfe ihr sofort und meine Hände zittern. „Schnell, schnell!", ruft sie und „Wartet nur, wenn's euch einmal so geht. Vor lauter Gaudi und Juchhu vergesst ihr mich!" „Ich helfe dir ja jetzt, Mutti, bitte, Entschuldigung, aber es hat so lange gedauert und es war so schön! Ich verspreche dir, ich werde nie wieder unpünktlich sein!"

„So", sagt Mutti, „jetzt bist du getauft und nun ist Schluss mit dieser Spinnerei, ich will von dem ganzen Zirkus nichts mehr hören. Papa hat auch genug! Du hast ständig irgendwas und bist lästig, deine Geschwister waren da ganz anders!" Wieso Spinnerei, denke ich.

Jetzt gehöre ich endlich auch dazu und es war so schön in der Kirche. Es war so feierlich. Die vielen Kerzen und die schönen Lieder. Ich musste nichts tun, nur dasitzen oder stehen oder knien und warten, was geschieht. Nächstes Jahr möchte ich gefirmt werden und beim Jugendchor mitsingen. Außerdem habe ich im Taufunterricht gelernt, dass man einen Christen an seinen Taten erkennen kann. Ich werde also Taten setzen. Der Kirchgang gehört dazu und das Teilen und das Verzeihen ...

Und als Belohnung liebt mich Gott und ich bin nicht mehr allein ...

Auf dem Drahtseil

Endlich! Die Schulglocke läutet. Ich packe meine Schulsachen zusammen, laufe die Stiege hinunter und ziehe meine Straßenschuhe an. Ich habe Hunger und laufe schnell nach Hause.

Ich freue mich. Heute ist Dienstag und da ist Papa immer vor mir daheim und das Essen ist bereits fertig. Ich muss nur noch die Teller und das Besteck auf den Tisch stellen, dann essen wir gemeinsam.

Papa und Mutti sind eigenartig ruhig. Keiner spricht ein Wort. Papa isst schnell und schaut vor sich hin. Mutti will heute nur ganz wenig und räuspert sich ständig. „Warum redet ihr nichts?", frage ich. „Mit vollem Munde spricht man nicht", sagt sie, und: „Kümmere dich lieber um dich und lass uns in Ruhe!" Dann geht Papa wieder in den Dienst, heute, ohne sich zu verabschieden.

Ich wasche und trockne das Geschirr ab. Dann kehre und wische ich den Küchenboden. „Mutti, ich trage noch den Müll raus", rufe ich vom Vorzimmer in die Küche. „Nein, das tust du jetzt nicht", befiehlt sie. „Komm in die Küche und bring mir was zu trinken!" Warum soll ich denn jetzt nicht den Müll ausleeren? „Ich mache das doch jeden Dienstag! Warum heute nicht?", rufe ich fragend in die Küche. „Weil du tust, was ich sage!", schreit sie zurück.

Ich gehe zur Wohnungstür, stecke den Schlüssel ins Schlüsselloch, sperre auf und öffne die Tür einen Spalt, dann mache ich sie schnell wieder zu. „Du verdammtes Mistmensch!", schreit Mutti aus der Küche. „Mich zum Narren halten, wo ich mich nicht bewegen kann. Wenn ich gesund wäre, würde ich dir links und rechts eine Ohrfeige geben. Komm sofort her. Was bildest du dir ein?" Ich gehe schnell zu ihr in die Küche und stelle mich neben sie. Sie sitzt auf ihrem Sessel und starrt mich böse an. „Mutti, ich wollte nur Spaß machen!" „Mit kranken Menschen macht man keinen Spaß", schimpft sie. „Ihr könnt mich alle gern haben, jeder spielt mit mir, weil ich hilflos bin. Na warte, du wirst es auch noch sehen!"

Mein Herz klopft und klopft – immer schneller ... „Mutti, bitte! Bitte .." „Hör auf!", schreit sie mich an, „Ich rede nichts mehr mit dir und ich mag dich auch nicht mehr, tu was du willst, geh von mir aus zu deinen Betweibern und lass mich in Ruhe!"

Ich gebe Mutti zu trinken. Sie sagt nichts. Ich helfe ihr beim Aufstehen. Sie sagt kein Wort. Dann muss ich zum Nachmittagsunterricht gehen. Ich frage sie, ob sie noch was braucht. Sie sagt nichts. Ich verabschiede mich. Sie sagt nichts. Wenn sie doch schimpfen würde, denke ich, dieses Schweigen ... Ich habe sie beleidigt, sie mag mich nicht mehr.

In der Handarbeitsstunde geht heute alles schief. Ich verliere ständig Maschen beim Sockenstricken und die Lehrerin ermahnt mich: „Was ist heute los mit dir? So kenne ich dich gar nicht, du bist doch immer beim Stricken so schnell und als Erste fertig!"

Meine Gedanken gehen im Kreis. Ob sie wieder mit mir spricht, wenn ich heimkomme? Hoffentlich, lieber Gott, ich knie dafür ganz lange in der Kirche, bis es weh tut. Ich kann so nicht leben. Was sage ich, wenn ich wieder daheim bin? Was könnte ich nur tun, damit sie wieder mit mir spricht? Ich tue alles, ich ...

Dann ist die Schule endlich aus. Eva und Inge werden vor der Schule von ihrer Mutter abgeholt. Ich stehe da und beobachte sie. Warum holt mich nie meine Mutti ab? Abholen muss nicht unbedingt sein, wenn sie doch nur wieder mit mir sprechen würde, denke ich. Je näher ich unserer Wohnung komme, umso unruhiger werde ich.

Ich öffne die Tür und höre, dass Besuch da ist. Ich gehe in die Küche und begrüße Mutti und die Nachbarin. Mutti ist freundlich. Ich soll der Nachbarin ein Glas Cognac einschenken, bittet sie mich. Mir fällt ein Stein vom Herzen! Sie redet wieder mit mir! Sie mag mich wieder! Ich hole die Cognacflasche und schenke ein. Dann setze ich mich hinter den Küchentisch und höre den beiden zu. Mutti berichtet der Nachbarin, dass Papa heute eine Putzfrau schicken wollte und wie schrecklich das für sie ist. „Ich habe früher immer alles selber gemacht und hatte die sauberste Wohnung. Bei uns hätte jeder auch vom Boden essen können", erzählt sie stolz. „Und jetzt will er mir diese Sudlerin ins Haus schicken. Mir nicht! Ich lasse mir von Fremden nicht in der Wohnung herumspionieren. Er soll selber arbeiten und wozu habe ich noch die da! Sie kann auch was tun. Sonst wird nichts aus ihr. Arbeit macht das Leben süß!" Die Nachbarin trinkt ihr Glas aus und ich begleite sie zur Tür. „Auf Wiedersehen", sage ich. Sie schaut mich lächelnd an und geht. Jetzt muss ich ganz nett zu Mutti sein, nehme ich mir vor. Erwartungsvoll gehe ich zu ihr in die Küche zurück. Aber da sitzt nicht die Frau von vorher. Sie lächelt nicht mehr. Wie versteinert sitzt sie da und starrt zum Fenster hinaus. Auch ich verstumme und mir kommt kein Wort mehr über die Lippen. Ich richte das Abendessen und warte auf Papa. Als Papa endlich kommt, ziehe ich mich in Stanis Zimmer zurück und mache die Hausaufgaben für morgen. Mutti erzählt Papa, wie frech ich war und dass es mir viel zu gut gehe. Ich bin traurig und einsam und möchte auch etwas sagen, aber ich kann nicht.

Dieser Abend und noch drei weitere Tage vergehen, bis sie wieder mit mir spricht.

Plötzlich, ganz unerwartet sagt sie: „So, auf geht's, ein echter Tiroler geht nicht unter! Hol den Staubsauger und mach endlich den Wohnzimmerteppich sauber. Dann darfst du dir ein Eis kaufen!" Ich bin glücklich und liebe meine Mutti.

Ganz vorn auf meinem Lieblingsplatz

Samstag. Mutti und ich stehen am Fenster und warten, bis Claudia und Melanie aus der Bahnhofshalle kommen. Endlich! Mutti rollt die Augen, lacht und stößt mit einer Krücke in den Boden: „Da kommen die zwei Gnädigen wieder! Geh ihnen entgegen und hilf Claudia die Tasche tragen!" Papa steht in der Küche und bereitet das Mittagessen vor.

Claudia, Melanie und ich gehen einkaufen. Ich bekomme heute meine erste Jeans. Claudia hilft mir beim Aussuchen und Anprobieren. Ich bin sehr stolz und fühle mich ganz schick. Zu Hause führe ich die neue Hose vor. Claudia macht mir Komplimente und findet, dass mir die Jeans wunderbar steht. Papa schaut mich an und nickt schweigend. Mutti wundert sich: „Wie kann man nur solche Amihosen schön finden?"

Beim Mittagessen muss ich wieder kräftig husten. „Der Arzt meint, sie müsse ans Meer und öfter an die frische Luft", sagt Mutti. Claudia nickt: „Ja, sie sollte überhaupt mehr hinaus und mit Freundinnen was unternehmen!" „Ja", sagt Mutti, „sie kann jederzeit gehen, aber sie will nicht, sie interessiert sich ja nur mehr für ihre Pfaffen!" Ich stehe vom Tisch auf und gehe ins Wohnzimmer. Wie falsch sie tut, denke ich. Jetzt wo Claudia da ist, redet sie ganz anders, als wenn wir alleine sind. Ich gehe zurück zum Tisch und möchte sagen, dass Mutti mich nicht fort lässt. Da fallen mir die vergangenen Tage ein, an denen sie nicht mit mir gesprochen hat.

Vielleicht straft sie mich wieder mit Schweigen, wenn ich das jetzt sage, überlege ich.

„Steh nicht herum!", höre ich Muttis Stimme, „Geh lieber mit Melanie spazieren und pass gut auf, dass ihr nichts passiert!"

Melanie und ich gehen auf den Markt. Heute will ich ihr die Kirche zeigen, denn es zieht mich immer öfter dorthin. Nur Mutti darf es nicht merken, deshalb bleibe ich auch nur ganz kurz. Ich zeige Melanie, wie man mit Weihwasser ein Kreuzzeichen macht. Dann gehen wir ganz nach vorne und setzen uns auf meinen Lieblingsplatz. Ich kann von hier aus am besten die Marienstatue sehen. Ich mag ihr hellrotes Kleid und das lächelnde Gesicht. Ich erzähle ihr meine Sorgen und sie hört mir zu. Ich habe das Gefühl, dass sie mich mag und versteht, auch wenn sie nichts sagt. Sie ist auch nie böse, ihr Lächeln ist immer da.

„Gehen wir heim?", höre ich Melanie bitten. Ich nehme sie an der Hand und wir verlassen die Kirche. Ich kann nicht verstehen, dass es Melanie hier nicht gefällt. „Zu Hause erzählen wir aber nichts davon", sage ich zu ihr. Als wir daheim ankommen, beraten Claudia und Mutti, ob ich im Sommer mit Claudia und ihrer Familie ans Meer fahren darf. „Wir sind mit euch jedes Jahr ans Meer gefahren! Der Arzt hat gesagt, sie hat chronische Bronchitis und die Meerluft wäre das beste Mittel dagegen", sagt Mutti zu Claudia. „Gut", meint Claudia, „auf eure Verantwortung, ich rede noch mit meinem Mann!"

Freischwimmer?

In den Sommerferien darf ich mit Claudia, ihrem Mann und Melanie ans Meer fahren. Ich bin sehr aufgeregt. Freude und Traurigkeit wechseln einander ab. Drei Wochen weg von zu Hause. Ich war noch nie so lange fort. Was wird Mutti ohne mich machen? Nun ist sie mit Papa ganz alleine. Wer wird ihr helfen?

Papa geht mit mir noch ein Paar Sandalen kaufen. Diesmal weiß ich genau, in welches Geschäft ich gehen will. Ich zeige Papa die Schuhe. Sie haben einen richtigen Absatz. Ich möchte nur diese und sonst keine. Papa zögert. Er zieht mich am Laden vorbei ins andere Schuhgeschäft. Dort will ich nie wieder Schuhe kaufen. Die Verkäuferin ist immer so nett zu Papa und redet uns Schuhe ein, die mir nicht gefallen. In der Schule wird dann wieder über meine Schuhe gelacht, befürchte ich. Diesmal hat die Verkäuferin keine Chance, ich behaupte nämlich, dass mir alle Sandalen wehtun. Endlich gibt Papa nach und ich bekomme meine Sandalen. Mutti ist nicht begeistert. Sie meint, ich werde umkippen und mir den Knöchel brechen.

Ich bekomme noch einen neuen Haarschnitt, zwei Bikinis und einen Schwimmreifen. Endlich holt mich Claudia. Mutti gibt mir viele gute Ratschläge mit und Papa lächelt und winkt mir nach. Die Fahrt dauert eine ganze Nacht. Hoffentlich wird mir nicht schlecht! Melanie schläft neben mir. Ich kann nicht schlafen. Claudia schweigt die meiste Zeit oder redet mit ihrem Mann, damit er wach bleibt. Als es hell wird, haben wir unser Ziel erreicht. Ich sehe das Meer und staune und schaue. Claudia fragt mich, warum ich so ruhig bin. „Ich denke an daheim, an Mutti und Papa!" Plötzlich muss ich schrecklich weinen und fühle mich so fremd und alleine. Claudia meint, ich sei schon viel zu groß zum Weinen und sie zeigt mir unseren Bungalow. Hier ist alles ganz anders.

Wir liegen den ganzen Tag am Strand, baden im Meer, gehen abends essen und hören dabei Musik. Claudia will wissen, welcher Schlager mein Lieblingsschlager ist. „Ich weiß nicht", antworte ich, „ich kenne diese Lieder nicht, zu Hause hören wir ganz andere Musik." Melanie kann schwimmen, ich nicht. Ich möchte endlich auch schwimmen lernen und versuche es immer wieder. In der letzten Woche schaffe ich es und bin stolz auf mich. Ich muss nun auch nicht mehr ständig an Mutti denken. Wieder daheim, staunen alle über meine Bräune.

Mutti meint, ich sehe unausgeschlafen und müde aus. Mein Husten ist vergangen. Stani gratuliert mir, dass ich nun endlich schwimmen kann und er sagt, ich soll jetzt oft ins Schwimmbad gehen, sonst verlerne ich es wieder.

„Jetzt beginnt der Alltag wieder", sagt Mutti. „Heute wird der Wäschekasten im Schlafzimmer ausgeräumt, gereinigt und wieder eingeräumt und morgen sind die Fenster dran ...!"

Am Schulbeginn erkennt mich meine Lehrerin kaum wieder. „Du bist aber gewachsen und so schön braun", sagt sie.

Ein Sonntag zwischen Pflicht und Fest

Sonntagmorgen in den Bergen,
ohne Sorgen und mit dir.
Diese Welt ist wie verzaubert,
glücklich sein kann ich nur hier.
Tief im Tal die Glocken läuten,
im Dorf, da geh'n die Leut zur Mess,
so war es schon vor alten Zeiten,
der Sonntagmorgen ist ein Fest

So tönt Vico Torrianis Stimme aus dem Kassettenrekorder. Ich schaue verzweifelt auf die Uhr. Es ist bereits halb neun und ich möchte um zehn Uhr in der Kirche sein.

Ich höre, wie Papa die Badtür öffnet und Mutti langsam Richtung Küche geht. „Hast du die Lockenwickler und den Föhn bereit?", ruft sie. „Ja, geh endlich weiter, ich möchte um halb zehn Uhr gehen", rufe ich zurück. Sie betreten beide die Küche. Mutti hat ein Handtuch um den Kopf gewickelt, Papa geht neben ihr und wischt ihr immer wieder Wassertropfen aus dem Gesicht. Papa hilft Mutti beim Hinsetzen und anschließend zieht sie noch ihre Bluse und die Strickweste an. Ich steige von einem Bein auf das andere. Dann bin ich an der Reihe. Zuerst werden die Haare mit Haarwasser und dann mit Föhnschaum eingerieben. Mutti mahnt: „Arbeite ordentlich und schussele nicht so. Immer dieses Kirchengehen, seit du bei denen bist, haben wir keine Ruhe mehr. Die ganze Woche ist es hektisch und selbst heute am Sonntag gibst du keine Ruhe. Beten kannst du auch daheim und der Herrgott ist überall. Wann wirst du endlich vernünftig? - Au, stich mir die Haarnadel nicht so fest hinein, nütz meine Hilflosigkeit nicht aus, warte nur, es kommt für alle die Gerechtigkeit!" Ich wickle einen Lockenwickler nach dem anderen in ihr Haar und als ich endlich fertig bin, ist es Viertel nach neun. So jetzt kann ich gehen, geschafft!

„Na, so schnell schießen die Preußen nicht", höre ich sie sagen. „Halt den Spiegel her, damit ich hinein schauen kann." Ich halte den Spiegel für Mutti und höre, wie sich der Sohn unserer Nachbarin die Schuhe anzieht und die Treppe hinuntergeht. Er heißt Anton und ich habe ihn schon öfters in der Kirche getroffen. Einmal sind wir sogar gemeinsam nach Hause gegangen.

Sicher geht er jetzt in die Kirche, denke ich. „Hol die Pinzette und zupf mir die Augenbrauen!", fordert sie. Ich zupfe ihre Augenbrauen und anschließend creme ich ihr noch das Gesicht ein. „Jetzt kannst du mir auch noch die Haare trocknen", sagt sie. „Aber das können wir doch auch nachher", bitte ich. „Es ist bereits zehn Minuten nach halb zehn!" „Was du heute kannst besorgen, das verschiebe nicht auf morgen", entgegnet sie. „Heute bin ich aber zum Lesen eingeteilt", erwidere ich ungehalten. „Dann soll jemand anderer lesen, es werden wohl noch andere außer dir lesen können!" „Aber, du sagst doch immer, ich soll pünktlich sein und meine Pflichten genau erfüllen!" „Musst du immer das letzte Wort haben?", schimpft sie. „Wenn ich könnte, würde ich alles selber tun und du könntest mich mal gern haben. Ständig diese Diskussionen und nur wegen diesem Pfaffengesindel. Wo die mitmischen, ist der Teufel drin!", schreit sie zornig. Ich bin froh, dass der Haarföhn so laut ist, jetzt verstehe ich nicht mehr jedes Wort.

Die Haare sind trocken. Ich wickle die Lockenwickler aus ihrem Haar und frisiere die Locken aus.

„Mach das ordentlich, ich will keinen Scheitel, ich will nicht ausschauen wie der Hitler!", keift sie. „So fertig, bist du jetzt zufrieden?", frage ich ungehalten. „Gut, jetzt räum alles auf und dann kannst du gehen." Schnell verräume ich das Frisierzubehör und ziehe mich an. „Papa, schau, was für eine Fanatikerin", ruft sie, als ich die Wohnung verlasse. Atemlos komme ich in der Kirche an. Die Lesung ist bereits vorbei. Ich lass mich nie wieder einteilen, denke ich. Nachdem das Geschirr von Mittag gewaschen und verräumt ist, holen Papa und ich unsere Fahrräder aus dem Keller. Papa hat mit mir jeden Sonntag geübt und nun kann ich Rad fahren. Ich fühle mich schon einigermaßen sicher. Es bereitet mir großen Spaß, Papa fährt voraus und ich hinten nach. Ich bin aber jedes Mal froh, wenn wir den Stadtverkehr verlassen und Richtung Wald und Wiesen radeln. Ich liebe die warmen Sonnenstrahlen und den Wind auf meiner Haut und beginne lebendig zu werden. Nach etwa einer Stunde Fahrt suchen wir uns einen gemütlichen Rastplatz. Papa holt seinen Fotoapparat hervor und hält nach schönen Motiven Ausschau.

Ich suche mir meistens einen plätschernden Bach, setze mich auf einen Stein und beobachte das Wasser. Finde ich besonders schöne Blumen, nehme ich Papier und Bleistift und beginne zu zeichnen.

Die Zeit vergeht viel zu schnell. Gegen sechzehn Uhr müssen wir wieder aufbrechen, denn daheim wartet Mutti. Ich pflücke noch einen Blumenstrauß für sie und wir radeln zurück.

Das Wasser plätschert in der Badewanne. Ich habe gerade den Wäschekorb mit Schmutzwäsche auf den Badezimmerboden geleert. Mutti steht neben mir und gibt Acht, dass ich die Kochwäsche, die helle und dunkle Buntwäsche sorgfältig trenne. Jeder Sack wird auf Tempotaschentücher und sonstigem Kram hin untersucht. Mutti kann sich nie genug über meine Schlampereien wundern. Dann gebe ich genau einen Becher Waschmittel in die Badewanne und erzeuge durch das Schlagen mit den Händen im Wasser Schaum. „So, nun weich die Wäsche ein, ganz links in der Badewanne die dunkle Buntwäsche, in der Mitte die helle Buntwäsche und anschließend die Kochwäsche!", befiehlt sie. Dann nehme ich die Waschglocke und drücke die Wäsche fest ins Wasser. „Gut", sagt Mutti, „Jetzt kann der Schmutz aufweichen und morgen früh wird gleich eine Maschine voll gewaschen! Wenn du von der Schule heimkommst, kannst du die erste Partie im Dachboden aufhängen!"

Wir gehen zurück in die Küche und ich bereite das Abendessen vor. Papa sitzt seit unserer Rückkehr vom Radausflug an der Strickmaschine und strickt den Ärmel für Muttis neue Weste. Nach dem Abendessen schiebt Papa den Fernseher aus dem Wohnzimmer in Richtung Küche. „Nicht so nahe", schimpft Mutti, „das ist schlecht für die Augen und die Fernsehstrahlen tun mir nicht gut!" Endlich hat der Fernseher den richtigen Standort, der Knopf wird gedrückt und wie jeden Sonntag um achtzehn Uhr ‚Seniorenclub' geschaut.

Dazu gibt es für Mutti und Papa ein Glas Wein, für mich ein halbes Glas und Butterkekse.

Ich halbiere die Butterkekse, tauche sie kurz in den Wein und gebe sie Mutti und mir. Nach den Nachrichten kommt der Fernseher wieder an seinen Platz zurück. Ich ordne meine Schulsachen, suche meine Kleider für den nächsten Tag zusammen und helfe Mutti im Bad. Papa hilft Mutti ins Bett und ich kann ungestört meinen Träumen nachhängen.

Bitte, lass sie nicht sterben!

Ich schlafe bei Mutti im Schlafzimmer. Seit Stani ausgezogen ist, schläft Papa nebenan, so stört uns sein Schnarchen nicht. Jeden Abend, bevor ich schlafen gehe, stehe ich an ihrem Bett. Wir schauen uns an und ich streiche ihr die Haare aus dem Gesicht. Sie erzählt mir, wie arm sie als Kind war und welche Strenge sie ertragen musste. Auch wollte sie niemals Südtirol verlassen, aber sie hatte keine Wahl, sie war achtzehn und musste ihrer Mutter folgen.

„Die Zeit damals war schlecht, wir hatten kaum Arbeit und deshalb waren wir froh, dass endlich einer kommt und Ordnung schafft, aber das versteht ihr ja nicht. Ich habe gehungert, gefroren und verwundete Soldaten betreut", erzählt Mutti. Sie schaut mich fragend an: „Und wo war da der Herrgott?" Und weiter: „Das Grundstück, auf dem unsere Obstbäume in Südtirol standen, gehörte der Kirche und sie holten sich immer das schönste Obst. Das Fallobst durften wir haben. Nennst du das Nächstenliebe?" „Nein", antworte ich. „Geh jetzt schlafen, du verkühlst dich sonst!", sagt sie. Und: „Schieb mir das Polster noch mehr unter den Kopf! Ja, so ist es gut!" Ich nehme meinen Plüschhund und wünsche ihr eine gute Nacht. „Das ist das letzte Stofftier, das Papa dir gekauft hat", sagt sie. Ich drücke es an mich und gehe in mein Bett.

Mein Herz rast, ich schrecke zusammen und stürze aus dem Bett. „Schnell, hol Papa, ich ersticke!", krächzt Mutti atemlos und nach Luft ringend. „Papa, komm, wach auf, schnell, Mutti bekommt wieder keine Luft, schnell!", schreie ich und rüttle ihn wach. Papa eilt an ihr Bett, reißt die Decke hoch und setzt Mutti auf. Fassungslos stehe ich da und schaue. „Bitte, lass sie nicht sterben!", bete ich, „Bitte nicht!"

Mutti ringt nach Luft, Papa klopft ihr vorsichtig auf den Rücken und endlich kann sie wieder atmen. Ich stehe noch immer da und wir schauen uns an. „Lasst mich noch am Bettrand sitzen!", bittet sie. „Ich kann mich jetzt nicht sofort wieder hinlegen." Ich setzte mich neben sie. Papa geht inzwischen im Vorzimmer auf und ab. Dann schickt mich Mutti zurück ins Bett. „Du hast morgen Schule", sagt sie. „Leg dich wieder hin und versuch zu schlafen, sonst bist du müde!" Mit zittrigen Beinen gehe ich zurück in mein Bett.

Nur nicht undankbar sein

Ich öffne meine Schmuckschatulle, ein Geschenk von Stanis Frau zu meinem fünfzehnten Geburtstag.

Stani ist seit einigen Jahren verheiratet. Die Hochzeit ging spurlos an uns vorüber, ich kenne sie nur von Fotos. Meine Eltern sind sehr zufrieden, dass er die Frau geheiratet hat, mit der er bereits ein Kind hat. Sie ist außerdem Köchin und zu besonderen Anlässen verwöhnt sie uns mit einer Schwarzwälder-Kirsch-Torte.

Ich hole meinen echten Goldring mit einer echten Perle und zwei kleinen glitzernden Diamanten aus der Kassette hervor. „Dieser Ring ist sehr wertvoll", hat die Großtante aus Südtirol zu mir gesagt. „Ich gebe ihn dir als Geschenk. Dafür musst du immer anständig und folgsam sein und gut für deine kranke Mutti sorgen! Versprichst du mir das?" Ich bedanke mich, so wie es sich gehört, nicke und sage: „Ja". „Dass dir Tante Wilma so was Schönes schenkt", staunt Mutti. „Sie hat ja selber nicht viel. Im Krieg ist sie in Wien ausgebombt worden, hat alles verloren und später ist sie wieder zurück nach Südtirol. Vielleicht hätte ich das auch tun sollen? Heb dir den Ring gut auf und schätze ihn, denk dran, was die Tante gesagt hat!"

Ich schaue den Ring noch einmal genau an und lege ihn wieder zurück. Ein weniger wertvoller Ring wäre mir lieber, denke ich, den könnte ich tragen. Aber nur nicht undankbar sein!

Der sechste Jänner

Heute ist Mutti nervös, wie immer, wenn wir Besuch von Verwandten erwarten. Wir bekommen sowieso selten Besuch und Verwandte kommen noch seltener. Obwohl Papa elf Geschwister hat, kenne ich nur einen Onkel.

Jedes Jahr am sechsten Jänner kommt Muttis Bruder Toni mit seiner Frau.

Mutti lacht: „So, heute kommt er wieder, der Herrgottsschnitzer mit seiner Kirchnratschn. Wie kann man nur seit der Jugendzeit dieselbe Gretlfrisur tragen und für den Pfarrer die Kirchenzeitung austragen?" Mutti schaut mich an: „Du wirst auch so Eine, wenn du dich nicht bald änderst! Die haben leicht reden, sind beide gesund und die einzige Tochter ist erwachsen. Toni hat das Leben immer von der leichten Seite genommen. Dafür hab ich es schwerer gehabt. Wer hat sich denn um unseren Vater gekümmert, als der Lungenkrebs hatte? Ich! Wer ist jeden Tag, neben der ganzen Hausarbeit und den zwei Kindern, ins Spital zu ihm gegangen? Ich!"

Aber Mutti erzählt auch: „Roswitha war aber nie geizig, das muss man ihr lassen. Sie hat Stani und Claudia, als sie noch klein waren, bei jedem

Besuch mit einer Tafel Schokolade verwöhnt. Weißt du, die beiden wurden nicht so verwöhnt wie du. Nach dem Krieg konnten wir uns nicht viel leisten. Wir mussten sparsam sein und wohnten anfangs in einem Zimmer zu viert. Dein Papa hat nur fünfhundert Schilling im Monat verdient. Eine Semmel war eine Rarität und die mussten sich die beiden Kleinen teilen. Und du, du isst gleich drei zum Frühstück. So ändern sich die Zeiten!"

Ich höre Mutti zu, während ich, wie jedes Jahr am sechsten Jänner, den Grießnockerlteig rühre, die echte Rindsuppe mache, den Kalbsbraten übergieße und die Serviettenknödel forme. Papa und ich haben alle Hände voll zu tun. Tante und Onkel werden aufs Herzlichste begrüßt und wie jedes Jahr wollen sie nicht, dass wir Umstände wegen ihres Besuches machen. „Aber keineswegs", sagt Mutti und das Essen wird aufgetischt. Tante Roswitha muss sich wie jedes Jahr nach dem Essen den Rock aufmachen und betont, wie gut das Essen dieses Mal wieder war und dass sie nicht so viel essen darf. Weiters staunt sie darüber, wie tüchtig Papa und ich sind und wie tragisch Muttis Krankheit doch ist. Während sie redet und redet, neigt sie ihren Kopf ein wenig zur Seite, ihre Augen werden kleiner und ihre Mundwinkel ziehen sich nach oben. Schließlich wollen alle abwaschen und abtrocknen.

„Bei uns braucht der Besuch doch nicht arbeiten", sagt Mutti. Papa und ich bleiben in der Küche und räumen auf, während es sich die anderen im Wohnzimmer gemütlich machen.

Dann decke ich den Tisch für Kuchen und Kaffee. „Heute sündige ich wieder ganz ordentlich", sagt Tante Roswitha. Mein Onkel meint darauf nur: „Das ist bei dir doch nichts Neues!", worauf beide lachen. Ich serviere Kaffee, Kuchen und Schlagobers. Mein Onkel erzählt mir vom Schnitzen und Ziehharmonikaspielen und wie lustig es früher war, als ich noch nicht auf der Welt war.

Ich begleite beide zum Zug und wieder ist ein sechster Jänner vergangen.

Fleißig lernen und Anordnungen befolgen

Ich fühle mich erwachsen! Ich bin gefirmt und die Tage in der Hauptschule sind gezählt.

Meine Eltern haben lange beraten, in welche Schule sie mich schicken sollen. Einige von Papas Arbeitskollegen waren eindeutig für diese bestimmte Schule. „Sie kostet zwar viel Geld", sagt Mutti zu mir „aber jetzt können wir es uns leisten. Für deine beiden Geschwister hätte das damals nicht gereicht, aber sie haben trotzdem eine ordentliche Ausbildung erhalten. Dafür habe ich gesorgt. Ich habe gut mit Papas Geld gewirtschaftet, jedes Jahr habe ich für einen Italienurlaub gespart. Wir hatten ein Auto, Urlaub und am Sonntag gab es immer Fleisch. Das größte Stück für Papa, dann kamen Stani und Claudia und wenn noch was übrig war, war es für mich. Wir bezahlen dir die Schule, lernen musst du selber! Mit dieser Schule kannst du alles machen." Papa fährt mit mir dorthin, um mich vorzustellen. Eine Klosterschwester empfängt uns. Papa soll ihr über mich berichten.

„Du bist also eine Nachzüglerin", sagt sie und äußert Bedenken. „Die sind meistens verwöhnt und empfindlich!" Papa widerspricht: „Nein, verwöhnt ist sie nicht", sagt er. „Meine Frau ist schwer krank und sie hat schon viel gearbeitet!" „Da bin ich aber beruhigt", sagt die Schwester und lächelt mich an. „Wir werden sehen. Bei uns heißt es fleißig lernen und die Anordnungen befolgen!"
Papa und ich fahren wieder nach Hause und in mir steigen Zweifel auf. Werde ich es schaffen?

In der Klosterschule

Gott sei Dank, ein Stein fällt mir vom Herzen! Ich habe die Bestätigung erhalten, dass ich in der neuen Schule aufgenommen bin. Freude und Sorge wechseln sich ab und nach einem langen Sommer daheim bei meinen Eltern ist endlich Schulbeginn. Vieles ist nun anders.

Ich fahre jeden Tag ein Stück mit dem Schülerbus. An manchen Tagen sind wir wie Ölsardinen zusammengepfercht. Da die Freifahrtscheine nicht pünktlich zu Schulbeginn in der Schule eingetroffen sind, gibt es bei jedem Einsteigen einen kleinen Kampf mit einem besonders jähzornigen Buschauffeur. Ich werde immer anstandslos mitgenommen, aber nicht allen ist dieses Glück beschieden. Bei einem seiner Zornausbrüche schließt er einfach die Tür und fährt. Zwei Schülerinnen bleiben etwas ratlos, aber lachend an der Haltestelle zurück. Nach dem ersten Schultag komme ich abends erschöpft von den vielen neuen Eindrücken nach Hause. Ich setze mich zu Mutti und rede und rede, bis sie genug vom Zuhören hat.

Zu den zwei Schwestern fühle ich mich gleich hingezogen und übernehme anstandslos das Lichtausschalten, wenn wir für einige Zeit die Klasse verlassen. Den ‚Jeansspitzeldienst' mache ich allerdings nicht. Kameradinnen zu verpetzen, finde ich nicht angebracht und warum sollen wir keine Jeans tragen?

An dieser Schule gibt es nur Schülerinnen. Ich gehöre zu den Nicht-Internatsschülerinnen und wir fühlen uns im Vergleich zu den Internen benachteiligt. Alle, die im Internat wohnen, werden bevorzugt und sind besser informiert als wir Externen, finden wir.

Dann verschlägt es uns die Sprache. Wir können es kaum glauben und keine kann es beweisen oder widerlegen. „Hier wurde ein Abhörsystem eingebaut", erzählt uns eine aus der internen Klasse. „Von der Direktion aus können sie uns belauschen, also passt auf, was ihr redet!" So wie das Gerücht gekommen ist, ist es auch wieder vergangen.

Nachdem die anfängliche Schüchternheit überstanden ist, nehmen wir die Lehrer genau unter die Lupe.

Unser Klassenlehrer ist Hobbyfunker und gerne bis in die Nacht hinein unterwegs. An manchen Tagen eilt er während des Unterrichtens zum Fenster, öffnet es und beugt sich, nach Luft ringend, hinaus. „Zweimüller, Lindner, Kostner ...", ruft er uns. Für ihn existieren offensichtlich keine Vornamen.

Unsere Deutschlehrerin lieben wir. Sie versteht es, uns zu begeistern und überrascht uns immer wieder mit neuen Hochsteckfrisuren und schönen Kleidern.

In Englisch müssen wir die Laune unserer Professorin immer erst erspüren. Diese kann von überaus fröhlich bis äußerst miserabel variieren und wir sind uns einig: Sie ist nicht leicht zu ertragen! Womit das genau zusammenhängt, erzählen wir uns nur unter vorgehaltener Hand, falls das Abhörsystem doch vorhanden ist.

Die Französischlehrerin kann ohne Kaffee und Zigaretten nicht leben. Spuren ihrer Koffein- und Nikotinsucht finden wir auf korrigierten Schularbeiten und Hausaufgaben.

Mutti kann meine Kritiksucht schlecht ertragen und mahnt mich: „Pass lieber in der Schule auf und lass das Geschimpfe. Was bildest du dir ein? Du musst erst so weit kommen." Der Nachmittagsunterricht ist anstrengend. Um zu überleben, gehen wir abwechselnd auf Nahrungssuche in die Schulküche. Die Drei-Uhr-Pause eignet sich dafür hervorragend. Wir dürfen dabei nicht erwischt werden. Die Beute teilen wir unter Gelächter.

Mir ist nicht ganz klar, warum man Zusammenkehren, Boden wischen, Pullover waschen, Fenster putzen usw. in der Schule erlernen muss. In diesem Fach bin ich ausnahmsweise sehr gut und verstehe nicht, dass manche Mitschülerinnen noch nie in ihrem Leben ein Fenster gereinigt haben. Zu Hause suche ich nach meiner alten Schibrille. Wir brauchen sie in Maschineschreiben. Blindschreiben ist das erstrebenswerte Ziel und um nicht zu mogeln, sitzen wir alle mit zugeklebter Schibrille vor unseren Koffermaschinen und klimpern im Takt zu irgendeiner Melodie. Diese Stunden vergehen sehr schnell und unser Lehrer sorgt für interessante Einlagen, indem er uns von seinen Reiseerlebnissen berichtet.

Das Schuljahr vergeht und ich habe alle Hände voll zu tun. Da ich nicht zu den Besten gehöre, bin ich froh, wenn ich es einigermaßen schaffe. Bei meinem ersten Fünfer sagt Mutti: „Reiß dich zusammen, träum nicht so viel über deinen Büchern! Aber es bleibt unser Geheimnis."

Am Beginn des zweiten Schuljahres sind wir sehr überrascht, es hat sich einiges verändert. Aus den zwei Schwestern sind vier geworden und ich kenne keine davon. „Stellt euch vor, wir haben auch eine andere Direktorin", erzählt uns eine Mitschülerin vor dem Eröffnungsgottesdienst. Tatsächlich, nach dem Gottesdienst sehen und hören wir sie bei einer kurzen Ansprache. Sie wünscht den Schwestern, Schülerinnen und LehrerInnen sowie den Angestellten des Hauses ein erfolgreiches Schuljahr, dann verschwindet sie in der Direktion.

Auch einige unserer LehrerInnen wurden ausgetauscht und durch neue ersetzt.

So nimmt das zweite Schuljahr seinen Lauf. Der ,Jeansspitzeldienst' löst sich von selber auf und das ,Iss und sei still!' beim Mittagessen ertönt nicht mehr. Zu große Portionen dürfen jetzt auch stehen gelassen werden, bzw. können wir uns selber die Portionsgröße wählen.

Die Stunde der Offenbarung

Morgens, vor Unterrichtsbeginn, gehe ich gerne in die Kapelle und genieße die ruhige und friedliche Atmosphäre. Die Schritte und das Rauschen des langen schwarzen Kleides der Schwester Oberin unterbrechen an manchen Tagen die Stille. Singend geht sie in die Sakristei und füllt Wasser in eine Gießkanne. Dann betritt sie ehrfürchtig und bedeutungsvoll die Kapelle, macht eine Kniebeuge und gießt Wasser in die Blumenschalen. Sie macht die Kniebeuge immer an derselben Stelle, wobei sie die rechte Hand auf die zweite rechte Kirchenbank aufstützt und ihren Kopf zum Boden neigt.

Kurz vor Unterrichtsbeginn ist die Stille vorbei. Die Internatsschülerinnen legen ihre Schulsachen mit einem mehr oder weniger lauten Knall vor der Kapellentür ab und kommen auf ein paar Minuten in die Kapelle. Manche bleiben länger, manche machen einen Knicks und verschwinden verlegen.

Mutti ist für mich noch immer die Person, der ich alles anvertraue, obwohl ich mir oft andere Reaktionen auf meine Wünsche, Sorgen und Fragen wünsche. Bei meinem Grübeln darüber, was ich einmal werden könnte, komme ich häufig zu demselben Schluss. Eines Abends ist die Stunde der großen Offenbarung. Mutti fällt fast vom Sessel und Papa verlässt mit hängendem Kopf den Raum.

„Wenn du wirklich ins Kloster gehst, kommst du mir nie wieder über diese Türschwelle!"

Ich kann es nicht fassen und dieser Abend ist der Beginn von endlosen Diskussionen. Ich weiß von ihren vielen negativen Erlebnissen mit Vertretern der Kirche, aber dass sie mich deswegen nie wieder sehen möchte?

In der Schule habe ich Dagmar kennen gelernt. Sie ist Kandidatin bei den Schwestern. Das bedeutet, sie macht ihre Ausbildung, so wie wir alle in der Schule, ist aber Mitglied der Gemeinschaft. Das Wochenende verbringt sie im Mutterhaus, dem Zentrum der Schwestern, und während der Woche ist sie im Internat. Ich bin begeistert und wir stecken jede Pause zusammen. Außerdem lädt sie mich ein, mit ihr ins Mutterhaus zu fahren. Ich kann noch so oft fragen und bitten, ich erhalte die Erlaubnis von zu Hause nicht. Deshalb schmieden Dagmar und ich einen Plan.

Einmal im Monat bleiben am Wochenende alle Internen im Internat und es wird ein Ausflug unternommen. Am nächsten Wochenende geht er in die Nähe des Mutterhauses. Ich darf ausnahmsweise teilnehmen. Wo ich genau hinfahre, behalte ich für mich.

Dagmar und ich verlassen den Bus bereits früher als die anderen Schülerinnen und gehen eine lange Straße entlang, direkt auf das Kloster zu. Ein großes, schwarzes Tor wird geöffnet und ich bin überwältigt. Eine neue Welt tut sich vor mir auf.

Ich kenne die Anlage bereits von Fotos, aber es ist alles noch schöner und von einem großen Park umgeben. Es herrscht absolute Stille, nur Vogelgezwitscher und ein rauschender Bach sind zu hören.

Dagmar führt mich an die Pforte. Eine alte freundliche Schwester begrüßt uns herzlich und wir gehen weiter in das Noviziat. „Hier wohnen und leben die Novizinnen mit ihrer Meisterin und auch alle Neuen", erklärt mir Dagmar.

Wir öffnen die Tür und fröhliches Lachen schallt uns entgegen. Drei junge Schwestern sitzen um ihre Meisterin versammelt und trinken Tee. Sie umarmen uns herzlich und fragen Dagmar, wie es ihr in der Schule geht. Wir trinken mit den Schwestern Tee und zwischen den Gesprächen wird immer wieder ein Lied angestimmt, mehrstimmig gesungen und dazu Gitarre gespielt. Wie ausgelassen die sind, staune ich. Beim Abschied sagt die Meisterin, ich sei hier jederzeit herzlich willkommen und sie freue sich, wenn ich wiederkäme.

Dagmar und ich eilen zum vereinbarten Treffpunkt und der Bus bringt uns zurück. Die Fröhlichkeit der Schwestern hat mich angesteckt und ich singe auf dem Nachhauseweg. Daheim singe ich anfangs auch noch.

Plötzlich beginnt mich Mutti auszufragen und bald hat sie mein Geheimnis gelüftet. Die Lüge gehört zu den größten Fehlern meines Lebens, die mir Mutti nie verzeiht. Sie ist schwer enttäuscht und droht mir mit allem, was ihr gerade einfällt.

„Die machen dich total verrückt, die wollen dich nur einkassieren, damit du für sie arbeitest. Gutes tun und beten kannst du auch ohne Kloster", schimpft sie.

Ich erzähle ihr von der Heiterkeit der Schwestern und von dem schönen Park. „Das ist alles nur Schein", meint sie. „Warte, wenn sie dich erst haben, dann ist alles anders!"

Ehrlich währt am längsten

Dagmar und ich brechen in lauten Jubel aus. Zwei Klassen fahren auf Schikurs. In die eine Klasse gehe ich und da ich nicht Schi fahre, werde ich in eine andere Klasse geschickt. Dagmar geht es genauso und so sind wir für eine Woche zusammen.

Schwester Oberin lässt uns gleich am ersten Tag rufen und wir sind eingeteilt, mit ihr für das Internat neue Vorhänge und Gardinen zu nähen und aufzuhängen. Ich bin gerne in der Nähe der Schwester Oberin und ihr zu helfen macht mir Spaß. Dagmar und ich nähen nach Vorschrift an der Gardine und als wir sie aufhängen, trifft uns fast der Schlag. Wir haben seitlich zu viel weggeschnitten und jetzt wirft sie keine Falten. „Lass das restliche Stück in deiner Schultasche verschwinden", sagt Dagmar hektisch zu mir, „die köpft uns sonst!" Ich nehme den Stoff und lasse ihn tatsächlich in meine Tasche fallen. Dann steht die Oberin auch schon in der Tür und faltet die Hände mit einem lauten Knall vor ihrem Kopf: „Oh Gott, komm mir zu Hilfe!", ruft sie laut. „Das sieht ja aus, als ob man gern möchte und nicht könnte!" Dagmar erklärt ihr, dass nicht mehr genügend Stoff vorhanden war und ich verhalte mich ruhig und schäme mich.

Die Oberin erklärt uns daraufhin ausführlich, wie viel Material für eine Gardine berechnet werden muss und dass es besser ist, keine Gardinen aufzuhängen als eine mit zu wenig Faltenwurf. Dann reißt sie mit viel Schwung den Fetzen, wie sie ihn selber nennt, herunter und lässt uns beide ratlos zurück.

Zu Hause packe ich das Reststück aus und lasse es in meinem Kleiderkasten verschwinden. Während der Nacht fällt mir immer wieder die Gardine ein und morgens packe ich das Stück zurück in meine Schultasche und gehe damit zur Oberin.

Ich erzähle ihr von dem Missgeschick. Sie freut sich über meine Ehrlichkeit und betont, dass es von mehr Größe zeugt einen Fehler zuzugeben, als ihn zu vertuschen.

Erniedrigt

„Darf ich die beiden jungen Damen auf ein Glas Messwein einladen?", fragt der Pfarrer Elena und mich. Elena geht mit mir in dieselbe Klasse und wir treffen uns seit einiger Zeit jeden Sonntagabend in der Kirche.

Wir nicken und er begleitet uns in den Pfarrhof, der für mich ein geheiligter Ort ist. Der Messwein wird eingeschenkt und wir lachen und scherzen mit dem Pfarrer. Die Köchin wirft ab und zu einen Blick zu uns herein, so als ob sie nach dem Rechten sehen müsse. Wir werden zum Lektorendienst eingeteilt und der Pfarrer fragt mich, ob ich während der Ferien in der Pfarrkanzlei aushelfen könnte. Ich fühle mich geehrt und nicke, allerdings muss ich noch meine Eltern fragen.

Dann begleitet er uns die Treppe hinunter. Elena geht voraus, in der Mitte ich, hinter mir der Pfarrer. Er streicht mir plötzlich übers Haar und meint, dass er es sehr schön finde.

Nächsten Sonntag sollen wir wieder auf ein Glaserl vorbeikommen.

„Wo warst du so lange?", will Mutti wissen. „Anton habe ich schon längst heimkommen gehört", stellt sie fragend fest. Ich erzähle ihr, dass Elena und ich vom Pfarrer auf ein Glas Wein eingeladen worden sind. Meine Eltern finden das sehr merkwürdig und haben keine Freude daran, dass ich in der Pfarrkanzlei aushelfen möchte.

Der Pfarrer schließt die Vorhänge und will, dass ich mich aufs Sofa setze. „Jetzt brauchen wir keine Zuschauer", sagt er zu mir und kommt neben mich. „Ich will das nicht!", antworte ich und bleibe wie angewurzelt auf dem Sofa sitzen. Schuldgefühle und Angst steigen in mir auf. Ich schäme mich, kann mich aber nicht wehren und lasse klebrige Küsse, die nach Pfefferminz schmecken, über mich ergehen.

Verwirrt und schuldbeladen gehe ich nach Hause in der Hoffnung, dass meine Eltern davon nichts bemerken. Den Pfefferminzgeruch um meinen Mund versuche ich mit einem Taschentuch wegzuwischen.

Mutti gefällt es nicht, dass ich regelmäßig später als Anton von der Kirche zurückkomme.

Der Pfarrer ruft immer öfter bei uns an und will mich zu kurzen Autofahrten mitnehmen.

„Ich bin schon über siebzig", erklärt er meinen Eltern, „und da bin ich froh, wenn ich nicht ganz alleine mit dem Auto unterwegs bin. Ihre Tochter ist eine hervorragende Begleitung." Meine Eltern sind verärgert und skeptisch. Ich lasse mir nichts anmerken und mein Entschluss steht fest: Sie dürfen es keinesfalls mitbekommen.

Bei einer unserer Autofahrten sagt der Pfarrer zu mir, dass er beichten war und ich solle das auch tun. Aber weit weg, an einem Ort, wo mich keiner kennt. Ich fühle mich erniedrigt und schlecht und suche nach einer Beichtgelegenheit. In einem dunklen, muffigen Beichtstuhl lade ich schließlich meine Sünde ab und bekomme als Antwort, ich solle ihm keine Gelegenheit dazu geben und als Buße drei Vaterunser beten.

Intermezzo: Der Sinn des Lebens

Papas Pensionierung rückt immer näher. Wir sind deshalb auch wieder in eine andere Wohnung umgezogen. Ich bin inzwischen 18 Jahre, gehe weiterhin zur Schule und verbringe die übrige Zeit daheim bei meinen Eltern. Ich singe noch immer eifrig im Jugendchor mit und Elena und ich haben eine eigene Jugendgruppe gegründet. Elena, die sehr musikalisch ist, hat sich mit dem jungen Organisten, einem Musikstudenten, befreundet und träumt von ihrem eigenen Musikstudium. Samstagnachmittag sitzen wir oft in der Kirche und hören Roman beim Orgelspielen zu. Er wird meistens von seinem Freund begleitet, sehr zum Ärgernis von Elena. Daher trägt sie mir auf, dass ich seinen Freund ablenken soll, damit sie mit Roman allein sein kann. So bemühe ich mich jeden Samstag darum, Wolfgang in ein Gespräch zu verwickeln und dabei entdecken wir ein gemeinsames Interesse: Wir diskutieren viele Stunden über den Sinn des Lebens und über Gott.

Anton und ich wohnen nun nicht mehr im selben Haus. Trotzdem holt er mich weiterhin von daheim ab und wir gehen jedes Wochenende zusammen in die Kirche. Ich mag seine vornehme und höfliche Art, die manchmal etwas steif und wie aus dem vorigen Jahrhundert wirkt.

Ich träume von einem Leben als Ordensfrau. Ich stelle mir vor, dass ich vielen armen Menschen und Kindern helfen werde und dabei glücklich bin mit meinem Gott.

Durch die Pensionierung meines Vaters bin ich nicht mehr so stark an meine Mutter gebunden. Nun ist Papa den ganzen Tag daheim und kümmert sich um ihre Pflege und um den gesamten Haushalt. Trotzdem helfe ich mit, wo es geht. Aber ich beginne die größere Freiheit zu genießen.

Seit Stanis Scheidung besucht er uns am Wochenende wieder regelmäßig und unternimmt dann meistens mit Papa eine kleine Bergtour.

Claudia und Melanie kommen nur mehr selten zu Besuch.

Er ist fort, für immer

Auch in diesem Jahr kommt Muttis Bruder mit Tante Roswitha am sechsten Jänner zu Besuch.

Als ich sie, wie üblich, wieder zum Zug begleite, sagt meine Tante: „Dein Vater sieht dieses Mal aber schlecht aus, er war kreidebleich und dieser Husten ... Obwohl er doch jetzt in Pension ist!" Papa hat seit einiger Zeit einen starken Husten und verlässt die Wohnung nur noch selten. Die Einkäufe erledige ich. Mutti glaubt mir nicht, dass Papas Husten sich anders anhört als Bronchitis. Er will keinen Arzt, spricht wenig und lebt vor sich hin.

Die Monate vergehen und der Husten wird immer schlimmer. Dann sind endlich Osterferien. Am Karfreitagabend nach der Liturgie diskutiere ich noch lange mit Anton und Wolfgang vor unserer Haustür. Wolfgang lädt mich zu einem Spaziergang ein. Er will mich am nächsten Tag um vierzehn Uhr abholen. Ich freue mich und stimme zu. Ich weiß allerdings noch nicht, wie ich das Mutti beibringen soll.

Als ich die Wohnung betrete, ist Papa noch wach und sitzt am Küchentisch. Ich setze mich zu ihm und wir wechseln ein paar Worte. Es gefällt ihm nicht, sagt er, dass ich mich so lange mit zwei Burschen da unten zwischen den Mistkübeln aufhalte.

Mutti liegt bereits im Bett. Ich erzähle ihr, dass ich morgen von Wolfgang zur Chorprobe abgeholt werde. Dann gehe ich ins Bett und denke an den morgigen Spaziergang.

Der Karsamstag ist ein warmer, sonniger Apriltag. Vor drei Tagen haben wir Muttis Geburtstag gefeiert und Papas Geschenk, ein Rosenstrauß, ziert noch immer den Wohnzimmertisch. Papa und ich erledigen gemeinsam die Hausarbeit, ich gehe einkaufen und muss ständig an den Spaziergang mit Wolfgang denken. Was ist, wenn wir um vierzehn Uhr mit dem Abwaschen nicht fertig sind? Hoffentlich sieht uns niemand beim Spazieren gehen und erzählt es dann Mutti und ... Ich habe ein schlechtes Gewissen und trotzdem kann ich es kaum erwarten, bis es so weit ist.

Zum Mittagessen kommt Stani. Wir essen gemeinsam. Danach wäscht Papa ab und ich übernehme, wie meistens, das Abtrocknen.

Plötzlich muss sich Papa setzen. Er beginnt stärker zu husten und bekommt kaum Luft. Er beugt sich über das Waschbecken und spuckt immer mehr Blut. „Wir müssen einen Arzt holen", rufe ich Stani zu. „Ja, ruf den Notarzt an!", antwortet er. Ich zittere. Hektisch und aufgeregt wähle ich die Nummer. Endlich höre ich am anderen Ende der Leitung eine Stimme. Ich schildere kurz die Situation. „Der Mann soll in die Praxis kommen", höre ich. „Nein, das geht nicht", schreie ich, „er bekommt keine Luft mehr!" „Gut, wir schicken die Rettung vorbei", höre ich noch mit halbem Ohr, dann lege ich auf. Papa geht mit groß aufgerissenen Augen in der Wohnung herum und ringt nach Luft. Seine Gesichtsfarbe wird immer fahler. Wo bleibt der Arzt so lange? Die Zeit vergeht, Papa erbricht und kann kaum atmen. Endlich hören wir die Rettung vorfahren. Papa muss sich hinlegen. Der Arzt gibt ihm eine Spritze und Papa stößt einen Schrei aus.

„Er muss sofort ins Krankenhaus", ruft der Notarzt. Sie legen Papa auf die Bahre, er ringt nach Luft und will aufstehen. Es gelingt nicht. Sie helfen ihm auf, er wankt an mir vorbei, schaut sich nach Mutti um, wird die Stiege hinuntergetragen und mit dem Rettungswagen weggebracht.

Stani fährt mit. Mutti und ich bleiben zurück.

Ich helfe Mutti wie in Trance, vom Sessel aufzustehen. Sie geht in der Wohnung auf und ab. Ich richte mir Wasser in einem Kübel und beginne sinnlos an den Küchenmöbeln herumzuwischen.

Was ist mit Papa? Was hat er? Wo haben sie ihn hingebracht? Wie geht es ihm jetzt? Kommt er wieder? - Alle diese Fragen und Gedanken kreisen wirr in meinem Kopf herum. Ich bin nervös und habe Angst. Was wird mit Mutti, wenn Papa sie nicht mehr pflegen kann? Was mache ich, wenn sie beide zu pflegen sind? Ich fühle mich hilflos, ausgeliefert und völlig überfordert.

Mutti und ich sprechen kaum ein Wort. Schweigen erfüllt die Wohnung. Nur das Ticken der Uhr und Muttis Krückenaufschlag sind zu hören. Ich schaue aus dem Fenster, weit weg in die Ferne und denke an Papa. Mein Gott, hilf uns! Ich weiß nicht mehr weiter!

So vergeht eine Stunde nach der anderen. Mutti will aufs Klo und dann will sie sich wieder niedersetzen. Ich helfe ihr. Meine Hände sind nass von kaltem Schweiß. Auch Mutti zittert und kann sich kaum auf den Beinen halten. Endlich läutet das Telefon. Hastig nehme ich den Hörer ab.

Stani meldet sich: „Papa ist tot!"

Tot, Papa ist tot, das gibt es nicht.

„Was ist los?", ruft Mutti. Ich gehe zu ihr.

„Mutti, Papa ist gestorben."

Sie bricht in Tränen aus. Was soll jetzt werden? Der Boden unter meinen Füßen löst sich auf.

Ich blicke ständig zur Wohnungstür. Immer wieder habe ich das Gefühl, dass Papa hereinkommt und die Welt wieder in Ordnung bringt. Aber er kommt nicht. Ich sitze da und starre auf den Boden. Wir warten auf Stani. Es dauert sehr lange, bis er zurückkommt. Endlich betritt er die Wohnung.

„Ich bin vor Aufregung in den falschen Zug eingestiegen", berichtet er atemlos. Dann erzählt er vom Krankenhaus, und dass Papa an einem Herzinfarkt mit Lungenödem gestorben ist.

„Ich sage jetzt, was zu tun ist!", sagt Mutti plötzlich in die Stille hinein. „Alles geht so weiter wie bisher. Morgen erledigt Stani alle Amtswege und du bleibst bei mir in der Wohnung!" Stani und ich bringen Mutti gemeinsam ins Bett. Es läutet an der Tür. Anton bringt mir das Osterlicht von der Auferstehungsfeier vorbei und wir sitzen einige Zeit schweigend in der Küche beisammen.

Die Nacht ist qualvoll. Ich denke an Papa. Ich liege jetzt in meinem Bett, genau da, wo Papa die Spritze bekommen hat. Er wird nie wieder kommen. Er ist fort, für immer.

Ich kann die ganze Nacht nicht schlafen. Mir ist, als ob sich das ganze Zimmer im Kreis drehen würde.

Am nächsten Morgen helfe ich Mutti beim Aufstehen, ich wasche sie und kleide sie an. Sie will alles genauso, wie es Papa immer gemacht hat. Stani und ich sind nervös und ungeduldig. Am Vormittag kommen die ersten Besucher, um uns ihr Beileid auszusprechen. Alle bedauern uns und überhäufen uns mit guten Ratschlägen.

„Eine Hauskrankenpflege muss her", sagen die meisten. Mutti will davon nichts wissen. Sie will mich und nur mich. Mein linker Arm beginnt immer ärger zu schmerzen. Am Abend will Mutti Füße baden, weil heute der Wochentag ist, an dem Papa das immer für sie gemacht hat. Also bade ich ihr die Füße und bekomme plötzlich Atembeschwerden, fange am ganzen Körper zu zittern an und die Schmerzen im Arm werden unerträglich. Mutti ist entsetzt über mich und ärgert sich darüber, dass ich so wenig aushalte. Doch Stani holt den Arzt.

Der untersucht mich und meint, ob ich denn drei Tage und Nächte durchgemacht hätte? Stani berichtet von unserem Todesfall. Daraufhin bekomme ich eine Beruhigungsspritze und muss mich ins Bett legen. Ich werde schwer und ruhig und schlafe tief bis zum nächsten Morgen.

Heute muss ich Papas schönsten Anzug zur Bestattung bringen. Ich suche in seinem Kasten und nehme den Anzug heraus, den Papa bei meiner Tauffeier getragen hat.

So können wir nicht weitermachen

Stani hat keine Geduld mehr mit Mutti. „So können wir nicht weitermachen", sagt er zu mir. „Ich muss nach dem Begräbnis bald wieder arbeiten gehen und du in die Schule. Mutti können wir nicht den ganzen Tag alleine lassen, wir müssen eine Lösung finden." Ich habe ein schlechtes Gewissen, weil ich Mutti eigentlich helfen möchte, aber alleine fühle ich mich überfordert. So beschließen wir, Mutti in ein gutes Pflegeheim zu geben.

Claudia und Melanie kommen am Tage der Beerdigung. Ich nehme die Tropfen, die der Arzt mir verordnet hat und wir fahren gemeinsam zum Friedhof. Mutti will alleine zu Hause bleiben. Nach der Verabschiedung wird Papas Sarg in einen Leichenwagen geschoben und ins Krematorium gefahren. Ich tue alles automatisch und fühle nichts, nur tiefe Leere. Mir ist, als ob ein schwarzer Schleier die Welt bedecken würde.

Mutti will mit aller Kraft erreichen, dass ich bei ihr bleibe und sie pflege. Fremde Leute will sie nicht akzeptieren. Claudia ist bereit, für Mutti in ihrem neu gebauten Haus ein Zimmer einzurichten. „Aber die Pflege musst du übernehmen!", sagt sie zu mir. „Dafür habe ich keine Zeit, ich muss arbeiten gehen. Schließlich müssen wir die Schulden für das Haus bezahlen!" Mutti will mir die Krankenversicherung bezahlen und meint, ob ich im Kloster lebe oder sie pflege, bleibe sich doch gleich.

Mein Herz ist gespalten. Außer Mutti sagen alle, ich solle auf jeden Fall die Schule fertig machen und mir eine Arbeit suchen. Ich möchte Mutti helfen und sie tut mir unendlich leid. Aber wie soll es mit mir weitergehen?

Schließlich bekommt Mutti doch einen Pflegeplatz bei den Schwestern im Seniorenheim und ich beziehe im Pfarrhof ein Zimmer. Meine Zimmereinrichtung nehme ich mit, alles andere wird zwischen Claudia, Stani, Verwandten und Bekannten aufgeteilt. Mutti will keine Möbel mitnehmen. Sie will keine Erinnerungen, sagt sie. Der Rettungswagen holt Mutti schließlich ab und bringt sie gegen ihren Willen ins Heim. Wir sollen sie die ersten zwei Wochen nicht besuchen, damit sie sich besser einleben kann, empfiehlt uns die Schwester. Stani und ich erledigen gemeinsam noch alle notwendigen Behördengänge.

Mein einziger Halt

Dann bin ich alleine, plötzlich alleine, auf mich gestellt. Ich gehe wieder zur Schule, nehme aber nichts von dem, was um mich herum geschieht, wirklich auf. Die meiste Zeit starre ich von meinem Platz aus zum Fenster hinaus, irgendwohin in die Ferne. Mein Klassenvorstand bietet mir seine Hilfe an, so wie auch die Schwestern und besonders meine Freundin Elena. Nach der Schule gehe ich jetzt meistens mit ihr nach Hause, wir sitzen zusammen und reden oder machen Spaziergänge durch den Wald. Aber die grünen Maiwiesen und die blühenden Bäume berühren meine Seele nicht. Ich empfinde keine Freude an der Natur, ich empfinde keine Traurigkeit, ich starre die meiste Zeit willenlos vor mich hin. Nur wenn Elenas Familie sich um den Tisch versammelt, verlasse ich jedes Mal fluchtartig das Haus und schließe mich in mein Zimmer ein, um zu weinen.

Dann erhalte ich Papas Asche. Sie kommt mit der Post in einem Kuvert. Der Pfarrer fährt mit mir eine Urne besorgen und Papa bekommt sein Urnengrab am Friedhof. Jeden Abend, wenn es dunkel wird, gehe ich jetzt dorthin. Bei wolkenlosem Himmel begleitet mich ein besonders leuchtender Stern. Mir ist, als ob Papa von diesem Stern aus auf mich sehen würde. Ich bleibe lange in der Dunkelheit des Abends am Grab und weine und fühle mich ganz nahe bei ihm.

Es ist sechs Uhr morgens. Ich sitze im Zug und fahre zu Mutti ins Pflegeheim. Ich bin kurz eingeschlafen. Als ich aufwache, sitzt neben mir ein Schaffner und fragt mich, wo ich denn die ganze Nacht zugebracht habe, dass ich am Sonntag schon so zeitig mit dem Frühzug unterwegs bin. Fassungslos schaue ich ihn an und antworte nicht.

Eine besonders nette Schwester öffnet mir jeden Sonntag extra die Haustüre des Seniorenheims, damit ich pünktlich um sieben bei Mutti im Zimmer stehen und ihr aus dem Bett helfen kann. Sie fühlt sich hier nicht wohl, will wieder weg und zu mir. „Du bist an allem schuld, du hast mit deinem Kloster Papa und mich fertig gemacht. Du hast den Teufel an die Wand gemalt und jetzt siehst du, wo wir hingekommen sind...!" Oder sie fällt in eine tiefe Traurigkeit und bittet mich um Schlafmittel oder darum, sie zu erschießen, das sei noch besser. „Jetzt hat mir der Herrgott auch noch meinen Mann genommen. Ich will nicht mehr. Warum hat er sterben müssen?" Ich wasche sie, kleide sie an, gebe ihr das Essen und bleibe bis zum Abendessen, dann fahre ich wieder.

Abends bin ich alleine in meinem Zimmer. Meistens verzweifelt, traurig und orientierungslos.

Mein einziger Halt ist der Gedanke, dass Gott da ist und mir irgendwie weiterhelfen wird. Selber habe ich keine Kraft mehr und beginne mir zu überlegen, was schneller und sicherer geht – ein Sprung aus dem Zimmerfenster oder von einem Felsen, oder vor den Zug? Ich schließe mit meinem Leben ab und schreibe einen Brief, den ich an Gott adressiere.

Meiner Freundin Elena erzähle ich davon. Sie kümmert sich zusammen mit Anton, Wolfgang und ihrem Freund Roman um mich.

Und gesprungen bin ich dann doch nicht.

Das Leben im Pfarrhof verläuft anders, als ich es mir vorgestellt habe. Anfangs essen der Pfarrer, die Köchin, der Kaplan und ich gemeinsam. Doch dann muss ich alleine essen. Die Köchin will es so. Außerdem stören sie meine Besucher. Regelmäßig kommen Elena und die Anderen. Als ich mich mit Liegestuhl und Badeanzug in den Garten lege, ist ihre Entrüstung vollständig. Der Pfarrer findet das nicht so schlimm, er verteidigt mich und meint, es ist gut, wenn endlich Leben im Haus ist.

Manchmal, wenn die Luft rein ist, holt er mich in sein Zimmer. Ich schaue mir die weiße kahle Wand an, während er an mir seine Freude findet. Beschämt und mit schlechtem Gewissen gehe ich jedes Mal in mein Zimmer zurück und hoffe, dass keiner was bemerkt.

Die Sommerferien stehen vor der Tür. Meine Eltern haben für mich eine Sprachreise nach Frankreich bezahlt. Mutti möchte, dass ich fahre. Elena kommt mit. Die Sonne und das Meer machen mich langsam wieder lebendiger, aber wirklich froh bin ich nicht. Den Französischunterricht schwänze ich jeden Tag. Ich liege lieber am Strand, schaue auf das Meer und träume vor mich hin. Abends sitzen Elena und ich in Lokalen und ich probiere das erste Mal eine Zigarette. Mir macht das alles keinen richtigen Spaß. Von daheim erhalte ich zwei Briefe, die mir der Pfarrer schreibt. Nach drei Wochen Frankreichaufenthalt arbeite ich für den Rest der Sommerferien im Seniorenheim als Aushilfe in der Pflege. Mutti ist eine meiner mir Anvertrauten.

Im September beginnt mein letztes Schuljahr. Ein Pfarrer aus dem Nachbarort hat den Schwestern meiner Schule den Rat gegeben, mich besser ins Internat aufzunehmen. Der Pfarrhof sei kein Ort für mich, meint er.

In mir reift immer mehr der Entschluss, dass ich ins Kloster gehen werde. Ich sehe sonst in allem keinen wirklichen Sinn und kann auch nicht glauben, dass mich außer Gott jemand wirklich lieben könnte.

Antons Mutter lädt mich ein und erklärt mir, dass sie mich gerne als Schwiegertochter hätte. Das verblüfft mich ein wenig und ich erschrecke. Auch der Pfarrer versucht, mir das Kloster auszureden. Als ich aber nicht nachgebe, schickt er mich zu einem befreundeten Arzt, der mich untersucht und mir eine Bestätigung über meine Jungfräulichkeit ausstellt. Im Kloster hat mich danach nie jemand gefragt, der Pfarrer war der einzige Mensch, der diese sehen wollte.

Da bei meiner Entscheidung, in welchen Orden ich gehen werde, der Kontakt zu Mutti weiterhin für mich das Wichtigste ist, entscheide ich mich für die Gemeinschaft, bei der ich zur Schule gehe und die Mutti aufgenommen hat. Außerdem kenne ich bereits viele Schwestern und war inzwischen schön öfter als Gast im Mutterhaus.

Mit meinem Entschluss bricht für Mutti nochmals eine Welt zusammen.

Ich habe alles geregelt. Meine Möbel bekommt meine Nichte Melanie. Alles, was ich im Kloster brauchen kann, nehme ich mit. Dazu gehören: meine Kleider, meine Unterwäsche, Schuhe, Toilettenzeug, meine Schulbücher und Schreibsachen. Den Schmuck gebe ich Claudia für Melanie. Das Sparbuch, mit wenig erspartem Geld, wird von Stani und Mutti aufgehoben. Die Waisenrente, der Freifahrtschein und die Kinderbeihilfe werden gekündigt.

Elena, Anton und die anderen können es nicht wirklich fassen. Wir feiern Abschied und Anton verspricht, weiterhin für mich da zu sein, wenn ich ihn brauchen sollte. Obwohl alle weinen, möchte ich nur weg von hier.

Den 24. Dezember verbringe ich bei Mutti und nachmittags holt mich die Generaloberin bei ihr ab.

Es ist der Tag meines Eintrittes.

Ankunft im Noviziatshaus

Es ist bereits dunkel und es beginnt leicht zu schneien. Die Pförtnerin, eine kleine alte Schwester mit gebeugtem Rücken, öffnet uns das große Tor und wir fahren mit dem Auto in den Klosterhof. Ich bringe mein Gepäck ins Noviziatshaus, dort empfängt mich Isolde, eine Kandidatin, die bereits seit einigen Monaten hier lebt.

„Wir müssen uns beeilen", sagt sie, „in einer Viertelstunde beginnt in der Kapelle die feierliche Vesper." Ich wechsle rasch meine Kleider. Kandidatinnen tragen einen dunklen Rock, eine weiße Bluse und eine dunkle Jacke.

Dann folge ich Isolde in die Kapelle. Die Sakristanin läutet die Glocke und begrüßt mich herzlich, aber schweigend. Wir betreten die Kapelle. Ich nehme Weihwasser und mache ein Kreuz. Die Generaloberin kniet bereits in ihrer Bank und blickt kurz zu mir auf. Sie lächelt mich an und gibt mir mit Handzeichen zu verstehen, dass mein Platz ganz vorne links ist. Es ist völlig ruhig hier, die Schwestern sitzen oder knien bereits auf ihrem Platz. Einige blättern in Büchern, andere knien mit geschlossenen Augen, ich nehme an, sie beten. Isolde und ich machen hintereinander eine Kniebeuge vor dem großen barocken Altar und nehmen unsere Plätze ein. Die Bank knarrt und ich hoffe, dass sich jetzt nicht alle Blicke auf mich richten.

Die Kapellenuhr schlägt sechsmal, der Hausgeistliche betritt in feierlicher Kleidung die Kapelle und die Orgel ertönt. Er eröffnet die Vesper und wir beten abwechselnd die Psalmen. Zum Abschluss erteilt er den Segen und verlässt, gefolgt von der Schwester Sakristanin, die Kapelle. Alle anderen bleiben sitzen, so lange, bis sich die Generaloberin erhebt und die Kapelle Richtung Speisesaal verlässt.

Von der Kapelle führt eine Tür direkt dorthin. Es ist dunkel, nur Kerzen spenden ein schwaches, warmes Licht. Ich bin überwältigt von der feierlichen Stimmung. Jede Schwester stellt sich neben ihren Platz und als endlich alle da sind, wird ein Lied als Tischgebet angestimmt. Die Generaloberin beendet das Schweigen mit einem ‚Gelobt sei Jesus Christus', worauf alle im Chor antworten: „In Ewigkeit, Amen!" Sie kommt auf mich zu und stellt mich den Schwestern als neues Mitglied der Gemeinschaft vor. Dabei hält sie meine Hand. Dann gehe ich von Tisch zu Tisch und begrüße jede Schwester mit einem Händedruck. Ich höre viele aufmunternde Zusprüche: „Das ist eine gute Entscheidung." Oder: „Ich werde für dich beten, damit du diesen Weg tapfer gehen kannst."

Isolde und Schwester Emilie nehmen mich mit in die Küche. Sie liegt einen Stock tiefer und wir fahren mit dem Lift hinunter. „Sonst gehen wir Jungen natürlich zu Fuß", erklärt mir Schwester Emilie, „aber mit dem Servierwagen können wir schlecht die Treppe hinunter und wieder herauffahren", sagt sie lächelnd.

In der Küche wartet bereits die dampfende Suppe. Die beiden Küchenschwestern kommen auf mich zu und begrüßen mich besonders herzlich. Dann fahren wir wieder hinauf und verteilen die Suppentöpfe auf die Tische. An jedem sitzen sechs Schwestern und pro Tisch haben wir einen Suppentopf. Alles hat hier seine Ordnung. So auch der Tischdienst. „Wir beginnen immer am Tisch der Vorgesetzten", erklärt mir Schwester Emilie. „Der Tisch mit den jüngsten Schwestern bekommt als letzter das Essen! Dabei zählen nicht die Lebensjahre, sondern wie lange man bereits der Gemeinschaft angehört."

Ich schöpfe mir als letzte die Suppe und beeile mich, damit ich rechtzeitig zum Abservieren fertig bin. Dann holen wir die Bratwürste und den Kartoffelsalat aus der Küche. Dazu gibt es für jeden Tisch eine Kanne Tee und Schwarzbrot.

Während des Essens wird viel geredet und gelacht. Als Abschluss gibt es für jede von uns einen Teller mit vielen verschiedenen Sorten Keksen, Erdnüssen und Mandarinen. Zu viert gehen wir in die Küche und waschen ab. Ich werde zum Abtrocknen eingeteilt. Während wir arbeiten, höre ich aus dem Refektorium Weihnachtslieder. Wir beeilen uns beim Abwaschen. Die Küchenschwestern ziehen sich noch rasch um, indem sie ihr Küchenkutterl gegen den schwarzen Festtagshabit tauschen. Die Pflegeschwester kommt aus dem Krankenstock ins Refektorium und die Pförtnerin verlässt die Pforte. Endlich sind alle versammelt und reden eifrig durcheinander.

Ein heiliger Abend

Mutter Sibylle, die Generaloberin, erhebt sich. Sie läutet dazu mit ihrer kleinen goldenen Tischglocke. Stille kehrt ein. Würdevoll und langsam geht sie zum Christbaum. Nun erhält jede Schwester ein Paket, das mit ihrem Namen gekennzeichnet ist. Meine Sitznachbarin erklärt mir leise, dass sich jede Schwester zu Weihnachten etwas wünschen darf.

Dann ruft sie Isolde und mich auf. Erwartungsvoll und aufgeregt gehe ich nach vorne. Die Generaloberin überreicht jeder von uns ein Paket in Schuhkartongröße, schön verpackt mit einer großen Schleife und einem großen selbstgebastelten Engel aus Jute.

Ich nehme es, bedanke mich und gehe auf meinen Platz zurück. Ich beobachte, wie die Schwestern sich freuen, ihre Geschenke herzeigen und öffne endlich auch meines. Darin finde ich viele kleine Packerl, die wiederum mit Weihnachtspapier sorgfältig verpackt sind. Alle Geschenke, die ich bei den anderen sehe, sind für den täglichen Gebrauch bestimmt. So auch meine. Ich erhalte drei Bücher für die tägliche Morgenbetrachtung, Seife, Creme, Süßigkeiten, Papiertaschentücher, Kugelschreiber und eine Kerze.

In mir steigt plötzlich eine starke Müdigkeit auf und ich schaue auf die Uhr. Es ist bereits halb neun. Wie schnell die Zeit vergeht! Ich denke an Mutti. Ob sie schon schläft? Was machen Stani, Claudia und Melanie? Wie verbringen sie den Heiligen Abend? Ich bekomme Sehnsucht nach Papa.

Dann höre ich Mutter Sibylles Tischglocke läuten. Sie gibt Anweisungen für den weiteren Verlauf des Abends. Um neun Uhr gehen wir in den Krankenstock und singen Weihnachtslieder für die alten und kranken Schwestern und um zehn beginnt die Mette in der Kapelle.

Ich würde mich jetzt gerne ins Bett legen. Was würden da die Schwestern wohl von mir denken? Ich beschließe tapfer weiter zu machen und mir meine Müdigkeit nicht anmerken zu lassen. Ich habe gerade noch Zeit, schnell auf die Toilette zu gehen. „Komm mit in den Krankenstock zum Singen, wir brauchen eine junge Stimme!", sagt die Chorleiterin, Schwester Edeltraud, zu mir. Wenn die wüsste, denke ich, ich kann nämlich nur erste Stimme singen und die singen hier in einer Höhe, dass mir vom Zuhören schon schwindelig wird.

Der Krankenstock liegt einen Stock über dem Refektorium und der Kapelle. Eine große schwere Tür führt in die Halle. Es ist dunkel und es riecht nach Weihrauch. Auf einem großen Tisch sind Tannenzweige mit einer Krippe aufgestellt und Kerzen brennen. Das schwache Licht lässt mich hier wenig erkennen. Die Chorleiterin stimmt ein Weihnachtslied nach dem anderen an und aus den Zimmern kommen langsam die alten und kranken Schwestern. Sie gehen zum Teil gebückt auf einem Stock gestützt oder werden mit dem Rollstuhl in die Halle gefahren. Sie nehmen rund um den großen Tisch Platz und lauschen andächtig dem Gesang.

Ich staune über die Zufriedenheit und Gelassenheit, die sie ausstrahlen. Da mir die meisten Lieder unbekannt sind und in einer Tonlage gesungen werden, bei der ich nicht mithalten kann, schweige ich die meiste Zeit und betrachte, was um mich herum vorgeht.

Zum Abschluss wünscht Mutter Sibylle den Schwestern ein gesegnetes Weihnachtsfest und wir verlassen den Krankenstock.

„Wir haben hier einen Fernseher. Die Schwestern bekommen nun die Mette aus der Kapelle übertragen", erklärt mir die Pflegeschwester.

Pünktlich um 22 Uhr beginnt die Christmette. Es werden lateinische Lieder gesungen, viele Texte gelesen und der Hausgeistliche predigt lange. Mein Kopf wird immer schwerer und ich kann ihn nur mit größter Anstrengung gerade halten. Warum habe ich nur die letzten Abende so lange gefeiert, denke ich mir. Ich erinnere mich an meinen Geburtstag und an die Abschiedsfeier mit meinen Freunden. Ich konnte ja nicht wissen, was mich hier erwartet. Ich bin immer gerne in die Kirche gegangen, aber das nimmt hier kein Ende.

Der Anblick des Hausgeistlichen hinter dem Altar verschwimmt und meine Augen fallen zu. Ich höre den Priester nur mehr aus weiter Ferne reden und fühle mich schwer und immer schwerer.

Plötzlich stehen alle auf. Ich schrecke hoch und stehe auch schnell auf. Hoffentlich hat niemand die Verzögerung bemerkt. Ich schaue zu Isolde hinüber. Sie ist tief im Gebet versunken. Ich glaube, sie hat nichts mitbekommen. Wir beten das Glaubensbekenntnis. Ich fühle mich schwankend wie auf einem Schiff und bin froh, als endlich die Fürbitten vorbei sind und ich mich wieder setzen kann. Bei der Kommunion beginne ich die Schwestern zu zählen und hoffe mich damit wach zu halten. Irgendwie geht die Christmette dann doch vorüber und um Mitternacht falle ich erschöpft ins Bett.

Die Nacht ist kurz. Um sechs Uhr läutet Isoldes Wecker und wir müssen aufstehen. Um sieben Uhr ist Gottesdienst und anschließend Frühstück. Wir gehen wieder gemeinsam zur Kapelle. Dabei müssen wir das Noviziatshaus verlassen und einige Schritte durch den Park bis zur Burg laufen. Die frische Luft tut mir gut. Ich habe die Christmette noch nicht verdaut, sitze ich schon wieder in der Kapelle und alles beginnt von Neuem. „Das ist sicher für den Anfang ein bisschen viel, oder?", fragt mich eine Schwester beim anschließenden Frühstück. Ich nicke und lasse mir das selbstgebackene Milchbrot und den heißen Kaffee schmecken. Nach dem Frühstück habe ich freie Zeit bis zu den Mittagsgebeten. Ich packe meine Sachen aus und fülle den Kleiderkasten. In mein Nachtkasterl verstaue ich meine mitgebrachten Süßigkeiten, und Papas Stoffhund setze ich in mein Bett. Mir ist kalt und das Noviziatshaus ist mir noch fremd. Bei meinen Besuchen war es hier viel lebendiger. Da es momentan keine Novizinnen gibt, ist die Novizenmeisterin in eine andere Filiale gekommen. Isolde wird von der Sekretärin der Generaloberin, Schwester Genofeva, betreut. Ich werde bis zum Sommer nur während der Ferien hier leben, sonst bleibe ich im Internat.

Ich gehe durch den verschneiten Park und versuche gegen meine Müdigkeit anzukämpfen. Nach dem Mittagessen werde ich wieder zum Abtrocknen eingeteilt. Ich bin froh, als ich endlich fertig bin und Isolde zu Schwester Genofeva geht. Ich verbringe den freien Nachmittag in meinem Bett, erschöpft und müde.

Meine Gedanken sind wieder bei Mutti und ich bin traurig. Ob heute Stani bei ihr zu Besuch ist? Morgen werde ich sie wieder sehen. Am Stefanitag dürfen alle Schwestern zu ihren Eltern oder Verwandten heimfahren.

Überraschungen

Ich öffne die Zimmertüre und betrete den kleinen Vorraum. „Wer ist da?", höre ich Mutters Stimme. „Ich bin's, Überraschung!", rufe ich. Mitten im Zimmer sitzt Mutti auf ihrem Sessel. Neben ihr ist ein kleiner Beistellwagen, worauf sich ein Glas Tee, die Alarmglocke, eine Zeitung, Papiertaschentücher und ein kleiner viereckiger Korb mit Spiegel, Adressbuch und sonstigen Kleinigkeiten, alles exakt geordnet, befinden. Eine Krücke lehnt am Wagen. Ihre Beine sind auf einem kleinen Metallschemel abgestützt.

„Was machst du hier, haben sie dich bereits ausgejagt oder warum bist du da?", fragt sie mich und blickt mich zornig und traurig zugleich an.

„Heute ist allgemeiner Besuchstag und ich wollte dir eine Freude machen. Schau, den schönen Engel habe ich gestern bekommen, ich stelle ihn hier auf das Kasterl!"

„Du und mir eine Freude machen? Verschwinde mitsamt dem Engel und geh zu deinen Klosterweibern! Lass mich in Frieden! Was hab ich davon, wenn du mich eine Stunde lang anschaust? Wenn du gehst, ist alles wie vorher! Helfen muss mir jemand! Weißt du, wie das hier ist? Schrecklich, einfach schrecklich, unter lauter fremden Menschen. Schwestern, Ausländerinnen, die mich nicht verstehen – wenn ich rechts sage, verstehen sie links!"

„Ich helfe dir jetzt", antworte ich.

„Du, du ...", schreit sie. „Wenn ich gesund wäre, würde ich dich nie mehr sehen wollen. Hilf mir, geh mit mir zu Claudia! Wozu habe ich zwei Töchter, wenn ich hier im Heim bleiben muss? Verdammt seid ihr alle und dich soll der Teufel holen! Steh nicht herum, nimm den Waschlappen und wasch mir das Gesicht, es juckt mich und dann creme mich ein! Wenn Papa wüsste, was ihr mit eurer armen Mutti macht", höre ich sie reden, während ich im Bad Wasser mit einer dunkelroten Kräuterbadlösung mische, den Waschlappen eintauche und dabei versuche, Ruhe zu bewahren, indem ich einen Satz aus einem Gebet, der mir gerade einfällt, ständig wiederhole.

Die Stunde ist bald vorüber, ich fahre mit den Schwestern zurück ins Mutterhaus.

Ein Vorbild an Beflissenheit

Am Abend während der Vesper bete ich für Mutti und weiß nicht, was ich machen und mit wem ich darüber sprechen soll. Ich behalte meine Sorgen für mich und vertraue darauf, dass Gott mir weiterhelfen wird.

„Morgen beginnen die Weihnachtsexerzitien, da kommen viele Schwestern aus den Filialen ins Mutterhaus und in der Küche wird dringend Hilfe benötigt. Du hilfst bitte während dieser Woche dort mit", sagt Mutter Sibylle nach dem Abendessen zu mir. So arbeite ich für den Rest der Ferien in der Küche.

Zu Schulbeginn wohne ich als Kandidatin bei den Schwestern in der Klausur der Schule. Ich versuche meine Sorgen um Mutti wegzuschieben und mich auf die Schule zu konzentrieren. Alle weiteren Besuche bei ihr verlaufen ähnlich.

Die Oberin, Schwester Gregoria, kümmert sich sehr fürsorglich um mich. Anfangs habe ich vor ihrer massiven Strenge etwas Angst. Ich bemühe mich die Gewohnheiten, die hier herrschen, anzunehmen und alle Regeln genau zu befolgen. Meine Angst verwandelt sich immer mehr in Zuneigung und ich beginne ihr meine Sorgen anzuvertrauen. Sie versteht es mich aufzuheitern. Jeden Tag zu Mittag, wenn ich von der Schule komme und bei ihr vorbeischaue, liest sie mir einen Witz aus der Zeitung vor. Wir lachen beide und gehen anschließend gemeinsam zum Mittagessen ins Refektorium.

Hier stehen bereits wartend die drei anderen Mitschwestern. Zwei davon in frommer demütiger Haltung, aber Schwester Leonie lacht uns meistens frech entgegen. Wir blicken zum Kreuz und beten das passende Tischgebet für diesen Tag. Da ich die Jüngste bin, trage ich die Speisen auf, gemeinsam mit Schwester Frieda. Schwester Frieda ist mein großes Vorbild im Training meiner Aufmerksamkeit, denn darin ist sie Weltmeisterin. Ihr entgeht nichts. Sie schenkt Tee nach, holt den fehlenden Löffel, bemerkt das enttäuschte Gesicht von Schwester Leonie und holt ihr den Streichkäse aus dem Kühlschrank. Ihre Art zu dienen ist zurückhaltend und liebenswürdig. Kein böses Wort kommt ihr über die Lippen. Schwester Gregoria liebt diese demütige Haltung und ich beginne Schwester Frieda nachzueifern.

Einmal im Monat ist Beichttag. Der Priester aus unserem Ort, der auch mein Religionslehrer ist, kommt abends, um uns die Beichte abzunehmen. Danach gibt es ein gemeinsames Abendessen, an dem wir, der Priester und vier Schwestern der Gemeinschaft, die im Krankenhaus arbeiten, teilnehmen. Diese Abendessen sind für mich alles andere als gemütlich.

Ich schäme mich schrecklich vor dem Priester, weil ich vermute, dass er über meine Vergangenheit mit dem Pfarrer Bescheid weiß. Von den vier Krankenschwestern kann ich eine absolut nicht ausstehen und die anderen drei sind mir suspekt. Ihre Blicke sind so stechend und bedrohend, ihre Ausstrahlung wirkt auf mich wie eisige Kälte. Ich bin froh, dass sie nicht zu unserer Gemeinschaft gehören. Ich sitze da und trainiere meine Aufmerksamkeit, indem ich versuche, schneller als Schwester Frieda die Bedürfnisse der anderen zu bemerken. Endlich kann ich wieder Tee nachschenken. Gott sei Dank ist die Kanne leer und ich kann mich in die Küche zum Teekochen zurückziehen.

Ich räume ab, trage neue Teller und Speisen auf und achte peinlich genau auf jeden Handgriff. Ich überlege, was ich zum Tischgespräch beitragen kann, aber es fällt mir nichts ein. Also rede ich nur, wenn ich gefragt bin.

Endlich wird der Sekt eingeschenkt und der Priester, Schwester Gregoria und Schwester Leonie rühren kräftig mit Soletti im Sektglas. Der Esstisch des Refektoriums schrumpft wieder auf seine normale Größe, Schwester Frieda, Schwester Bernadette und ich waschen das Geschirr ab, während die anderen beiden die Gäste zur Haustüre begleiten.

Einmal wöchentlich ist ein Gottesdienst in der Krankenhauskapelle. Hier ist Papa verstorben. In der Kapelle ist es schrecklich heiß, aber ich muss teilnehmen. Das schlechte Gefühl, das ich hier empfinde, behalte ich für mich.

Zu Besuch im Mutterhaus

Eine neue Novizenmeisterin wird gewählt, deshalb muss Schwester Gregoria als Generalrätin ins Mutterhaus zur Sitzung der Ratschwestern. Ich fahre mit ihr und freue mich auf die gemeinsame Fahrt.

Wir steigen in den roten Passat. Schwester Gregoria rückt sich den Sitz zurecht, legt den Schleier über die linke Schulter nach vorne, damit er nicht zerdrückt wird, die Rückenlehne stellt sie kerzengerade ein und erklärt mir, dass sie den Führerschein vor drei Jahren, mit 55, noch gemacht hat. „Ich bin stolz darauf. Ich war die Älteste und hab es geschafft!" Jede Bewegung führt sie mit äußerster Konzentration aus, besonders das Rückwärtsfahren aus der Garage scheint sie mächtig anzustrengen.

„Engel Gottes, mein Beschützer!", betet sie laut, als wir endlich die Hauptstraße erreichen. Die Fahrt verläuft schweigend. Der Straßenverkehr nimmt Schwester Gregorias Aufmerksamkeit völlig in Anspruch, sodass sie weder mit mir scherzen noch ein Gespräch führen kann. „O Gott, komm mir zu Hilfe!", oder „Jesus!", ruft sie laut, wenn uns ein Auto zu nahe kommt.

Das Tor zum Mutterhaus ist heute weit geöffnet. Im Park tummeln sich viele Schwestern, einige davon sind eifrig in Gespräche vertieft, andere winken uns zu, eilen zum Auto und begrüßen uns mit einer Umarmung. Schwester Gregoria geht mit den anderen zur Sitzung.

Was mache ich inzwischen? Ich gehe eine Runde im Park spazieren, nehme ich mir vor. Ich treffe keine Schwester und auch sonst niemanden. Nur zwitschernde Vögel und ein rauschender Bach begleiten die Stille. Kein Straßenlärm, keine Musik, nichts, was mich von meinen Gedanken ablenkt. Ich bin dazu verurteilt nachzudenken: Wie werde ich nach der Matura hier als Novizin leben? Werde ich die neu gewählte Novizenmeisterin mögen? Wird sie mich verstehen? Was werde ich ein ganzes Jahr hier machen, in dieser Abgeschiedenheit? Keine Freundin, niemand. Mutti ist im Pflegeheim und im ersten Noviziatsjahr dürfen wir nur den allernötigsten Kontakt mit anderen pflegen. Werde ich das aushalten?

Isolde und ich sind grundverschieden, wir verstehen uns nicht wirklich gut. Ich glaube, dass sie Schwester Genofevas Liebling ist und fühle mich, wenn wir drei beisammen sind, immer als Störenfried. Ich gehe nun bereits die dritte Runde im Park und überlege, ob ich Isolde im Noviziatshaus besuchen oder ob ich weiterhin im Park herumgehen und meinen Gedanken nachhängen soll. Ich entscheide mich für weitere Runden und stelle mir mein nächstes Ziel, die Matura, vor. Was ist, wenn ich durchfalle? Wie wird Mutter Sibylle reagieren? Zu meiner Mutter hat sie gesagt, dass die Ausbildung Nebensache ist, denn Schwestern werden auch im Haus zum Waschen, Putzen und Kochen gebraucht. Worauf Mutti empört reagiert hat. Will ich das? Nein, eigentlich nicht. Also muss ich die Matura schaffen! Ob sie von den Vorfällen im Pfarrhof wissen? ...

Die Stimme der Küchenschwester reißt mich aus meinen Gedanken. „Komm, du möchtest sicher was jausnen!", ruft sie mir freundlich zu. „Bitte, wenn ich was bekomme", rufe ich zurück und eile in die Küche. „Komm, setz dich zu uns! Es gibt Kaffee und Kuchen." Etwas verlegen nehme ich bei den Schwestern Platz und freue mich über jedes gute Wort. „Warum ist Isolde nicht bei dir?", will Schwester Petra wissen. „Ich wollte alleine sein und nachdenken", antworte ich. Mir scheint, es wird von mir erwartet, dass ich mit meiner zukünftigen Mitnovizin Kontakt pflege. Die Küchenschwestern erobern mein Herz im Sturm. Sie sind herzlich, einfach und sehr bescheiden. Sie fragen mich über die Schule aus und versprechen für mich zu beten, damit ich einen guten Abschluss schaffe. Sie betonen außerdem, dass sie sich auf mich freuen und hoffen, dass ich in der Küche eingesetzt werde. Was mir auch recht ist.

Lautes Stimmengewirr dringt in die Küche. Die Tür wird geöffnet. „Gelobt sei Jesus Christus!", ruft Schwester Gregoria laut und schreitet mit wehendem Habit siegessicher durch die Küche. „So mein Schatz, da bist du ja, wir können zurückfahren, die Sitzung ist beendet." Ich bedanke mich für die Jause und folge Schwester Gregoria sofort. Wir eilen zum Auto. Sie ist gut gelaunt, spricht aber nicht mit mir. Sie stimmt während der Fahrt ein Lied an und als sie endlich alle Strophen gesungen hat, überwinde ich meine Scheu und frage, ob die Sitzung gut verlaufen ist. Ob es wohl bereits eine neue Novizenmeisterin gibt? Schwester Gregoria erklärt mir, dass sie nicht wünscht, dass ich sie ausfrage, denn alles, was bei diesen Sitzungen besprochen wird, ist streng geheim. „Es tut mir leid, ich wollte nicht neugierig sein, ich habe das nicht gewusst", antworte ich mit schlechtem Gewissen. So verläuft die Fahrt weiterhin schweigend.

Schwester Gregorias Laune ist in den nächsten Tagen recht gut. Schwester Leonie wirkt zunehmend nervöser. Nach zwei Wochen enthüllt Schwester Gregoria bei einem der üblichen Abendessen das Geheimnis: Schwester Leonie wurde zur neuen Novizenmeisterin gewählt und ich soll mit ihr liebevoll umgehen, denn sie ist sehr zart besaitet und steht nun vor einer neuen Herausforderung. Ich werde mich bemühen.

Das Noviziat beginnt

„Gott, du mein Gott, dich suche ich, meine Seele dürstet nach dir, Gott, du mein Gott .." Ich wiederhole immer wieder diesen Psalm, während ich am Balkon des Noviziatshauses meine Schuhe putze und sortiere. Die Kleider habe ich bereits ausgesondert und einen großen Karton damit gefüllt. Sie werden an eine bedürftige Familie verschenkt. Hier im Mutterhaus trage ich nur schwarze Röcke und weiße Blusen und in drei Monaten erhalte ich mein eigenes Ordenskleid mit Schleier. Ich versuche mich auf den Psalm zu konzentrieren, aber es fällt mir schwer.

Große Traurigkeit befällt mich, ich sehne mich nach Schwester Gregoria, nach ihren Witzen und nach dem Gefühl von Heimat, das sie mir vermittelt hat. „Du vergisst sie am leichtesten, wenn du für sie betest", sagt mir Schwester Leonie, die nun meine Novizenmeisterin ist und die wir nun mit Schwester Meisterin anreden. So versuche ich zu beten.

Schwester Leonie vermisst Schwester Gregoria ebenso. Allerdings telefoniert sie jeden Abend mit ihr und ich als angehende Novizin darf das natürlich nicht. Der Kontakt mit der Außenwelt soll möglichst gering sein, haben wir im Noviziatsunterricht gelernt. Wir sollen unser Herz und unsere Gedanken ganz auf Gott lenken und alles andere als zweitrangig erachten. Ich bemühe mich darum, frage mich aber immer wieder, warum Schwester Meisterin dann täglich angerufen wird. Anfangs bemerke ich, dass ich mich sehr bemitleide und deswegen auch traurig bin, aber eines Tages ist es mir egal und ich denke nicht mehr so viel an Schwester Gregoria.

Mein erster Arbeitsbereich ist die Wäscherei. Jeden Vormittag verbringe ich zweieinhalb Stunden hier. Montags ist Waschtag. Alle Schwestern sammeln ihre Schmutzwäsche in einem Sack und geben diesen am Ende der Woche in der Wäscherei ab. Große Wäscheberge von hauptsächlich weißer und schwarzer Wäsche warten auf Schwester Lucilla, die für die Wäscherei verantwortlich ist. Unter ihrer exakten Anleitung wird die Wäsche gewaschen, zum Trocknen aufgehängt, wieder abgenommen und gebügelt. Außer mir arbeiten noch zwei Schwestern unter Schwester Lucillas straffer Führung. Jeder Handgriff sitzt und alles läuft genau nach Vorschrift ab. Ich bin bemüht, alles ordentlich zu erledigen, aber meine Geduld ist bald zu Ende.

Ich widerspreche, als sie mir genau erklärt, wie ich jedes Wäschestück aufzuhängen habe. „Ob ich es so oder so aufhänge, ist doch egal!", sage ich unwillig und zerre dabei ein weißes Unterhemd mit beiden Händen in alle Richtungen. „Nur weil du gerade Matura gemacht hast, hast du noch lange nicht das Recht, so mit mir zu sprechen", antwortet Schwester Lucilla. „Ich hätte mir das so kurz vor dem Noviziatsbeginn nicht erlaubt, aber die Zeiten haben sich anscheinend verändert! Außerdem wirst du noch viel lernen müssen, wenn du eine ordentliche Schwester werden willst!" „Ich bitte um Verzeihung, Schwester", sage ich höflich. Aber gleichzeitig steigt in mir eine richtige Wut hoch. Am liebsten möchte ich alles hinwerfen und davonlaufen, doch das würde nur noch mehr Unruhe in dieses wohlgeordnete Leben bringen. Ich bitte Schwester Lucilla mir nochmals zu zeigen, wie ich die Kleidung aufhängen soll und während ich Berge von Wäsche an der frischen Luft zum Trocknen aufhänge, vergeht auch meine Wut wieder.

Dienstag, Mittwoch und Donnerstag sind die Tage des Bügelns und des Rosenkranz-Betens. Es fällt mir schwer, mich auf beides gleichzeitig zu konzentrieren, doch das ständige monotone Wiederholen der Gebete lässt mich ruhig werden und ich beginne die Zeit nach Rosenkränzen einzuteilen.

Dann beginne ich meine Sorgen um Mutti in dieses Gebet einfließen zu lassen und ich bete für meine Mutter und für meinen verstorbenen Vater, für meine beiden Geschwister usw. Das Beten für meine Mutter beruhigt mein schlechtes Gewissen, das ich ihr gegenüber ständig habe. Ich habe das Gefühl, doch etwas für sie zu tun.

Freitag befreien wir das Kloster, unter Anleitung von Schwester Lucilla, von jedem Körnchen Schmutz. Sie legt ein besonderes Augenmerk auf die Kapelle und auf die Räume, in denen Mutter Sibylle wohnt. Diese Räume werden fast genauso ehrfurchtsvoll betreten wie die Kapelle. Die Reinigungsarbeiten führen wir am Samstagvormittag zu Ende und ab Mittag darf nicht mehr gearbeitet werden.

Der Samstagnachmittag dient der Vorbereitung auf den Sonntag. Ich nehme ein Bad und gehe im Park spazieren. Danach sind Singstunde, Vesper, Abendessen.

Anschließend müssen Isolde und ich das Geschirr in der Küche abwaschen und abtrocknen. Jeder erwachsene Mensch kann abwaschen und abtrocknen! Wie oft habe ich es zu Hause gemacht, zwei bis dreimal täglich, dann in der Schule im Kochunterricht, während meiner Praxiszeit in einem Hotel und jetzt scheint es, dass ich dafür zwei linke Hände habe. Der Schweiß läuft mir den Rücken hinunter, während ich den Berg von gewaschenem Geschirr vor mir versuche abzutrocknen. Isolde wäscht ab und zwar in einem Tempo, das die Welt noch nicht gesehen hat. Töpfe, Teller, Tassen, alles wirft sie wie wild vom Abwaschwasser ins Spülwasser und türmt es anschließend mit viel Lärm übereinander. Ich versuche schneller und schneller abzutrocknen und das trockene Geschirr auf einem Servierwagen zu stapeln, aber in dieser Geschwindigkeit schaffe ich es nicht. Isolde arbeitet wie besessen. Endlich knallt sie den letzten Topf auf den Geschirrberg, bindet sich ihre Schürze ab und verlässt siegessicher die Küche. Ich stehe da, trockne ab und trockne ab und weiß nicht, wie mir geschieht. Endlich bin ich fertig. Schweißgebadet und verwirrt gehe ich alleine durch den Park.

Die Sonne scheint noch und ich versuche mich zu entspannen. Wo bin ich nur und warum kann ich mit Isolde nicht so arbeiten, wie ich es von der Zeit vor dem Kloster gewohnt bin?

Entscheidungshilfe

Eine Woche nach der anderen vergeht. Noch sind Isolde und ich Kandidatinnen. Bevor das Noviziat richtig losgeht, haben wir noch zwei Wochen Urlaub.

Ich möchte meiner Mutter eine Freude bereiten und verbringe den Urlaub bei ihr im Pflegeheim. Wir frühstücken gemeinsam. Ich wasche jeden Vormittag ihren Körper, helfe ihr aufstehen und niedersetzen, begleite sie zur Toilette, mittags essen wir gemeinsam, am Nachmittag schiebe ich sie mit dem Sessel auf den Balkon und wir genießen die warme, frische Luft. "Ich will weg von hier, zu Claudia! Warum hat mich das Leben so bestraft, warum gehst du ins Kloster, warum ist mein Mann tot? Hätte doch ich an seiner Stelle sterben dürfen, er könnte gehen. Ich bin nur ein Krüppel, verdammt noch mal!", quält sich Mutti. „Wie schön es doch daheim war, als wir drei noch beisammen waren. Aber du hast alles zerstört, wegen dir ist Papa gestorben, weil du uns ständig aufgeregt hast. Geh mit mir zu Claudia, ich zahle dir die Versicherung, pfleg mich! Ob du im Kloster umsonst arbeitest oder mich pflegst, ist doch egal", fordert sie.

Nach dem Abendessen gehe ich mit ihr ins Bad und helfe ihr. Alles machen wir genauso wie früher zu Hause. Um Punkt neunzehn Uhr kommen die Pflegerinnen und legen Mutti ins Bett. Ich setze mich noch zu ihr und streiche ihr über das Haar.

Danach verlasse ich traurig ihr Zimmer, gehe spazieren und in die Kapelle. Soll ich doch mit Mutti zu Claudia ziehen und ihre Pflege übernehmen? Diese Frage quält mich, jeden Tag wieder.

Claudia und ihr Mann stellen uns den Platz zur Verfügung. „Die Pflege musst du aber alleine machen", hat Claudia gesagt, „Ich muss arbeiten gehen!" Wie soll ich das schaffen? Ein schwerer Stein liegt auf meiner Brust! Ich falle todmüde ins Bett, und weine, bis ich vor Erschöpfung einschlafe.

Je näher das Ende meines Urlaubes heranrückt, umso anstrengender wird es bei Mutti. „Dich hätte ich nie gebären sollen, du Pfarrerhure, du verdammtes Miststück, hilf mir, ich will weg, ich halte es hier nicht aus! Was hab ich verbrochen, dass ich hier bleiben muss? Jede andere Tochter würde ihre Mutter pflegen, aber du, du bist so undankbar!", schreit sie unter Tränen. Hilflos stehe ich da: „Bitte, hör endlich auf. Mutti, bitte, ich gehe sonst!" „Dann verschwinde und der Teufel soll dich holen mitsamt deiner Klosterbrut. Geh, geh, du hast keine Mutter mehr, verlass sofort mein Zimmer!", brüllt sie. „Aber Mutti, bitte, hör doch auf!", flehe ich sie an. „Geh, verschwinde, ich will dich nie wieder sehen", wütet und heult sie.

Ich verlasse das Zimmer und wie in Trance eile ich den Gang entlang. Einen Stock tiefer schließe ich meine Zimmertüre mit zitternden, nassen, kalten Händen auf und lasse mich weinend auf mein Bett fallen. Ich schluchze und schluchze und fühle, wie sich mein Magen zusammenkrampft. Dann fühle ich eine tiefe Leere und Erschöpfung. Ich kann nicht mehr, was soll ich machen? Wen um Rat fragen? Ich schaue auf das Kreuz, das im Zimmer hängt: „Hilf mir, mein Gott, wo bist du, wo? Hilf meiner Mutter. Sie ist so grausam, sie will mich nicht mehr als ihre Tochter haben, bitte mein Gott, hilf endlich und beruhige sie. So kannst du das doch auch nicht wollen, oder? Ich kann nicht mehr! Keiner ist da, niemand! Bitte hilf mir, bitte!" Ich heule und bete und schreie nach Gott und bleibe doch allein mit meiner Entscheidung.

Als ich endlich ruhiger werde, blicke ich auf die Uhr. Um Gottes Willen, es ist Zeit, Mutti muss sich niedersetzen und die Schwestern nehmen an, dass ich ihr helfe. Ich wasche mein Gesicht und mit klopfendem Herzen eile ich zu ihrer Zimmertüre. Ich öffne sie vorsichtig und rufe leise: „Darf ich reinkommen und dir helfen?" „Ja, hilf mir, sonst rufe ich nach einer Schwester", antwortet sie. Wir reden an diesem und an den kommenden Tagen kaum mehr ein Wort miteinander, nur das Allernötigste.

Dann kommt der Abschied und ich bleibe bei meiner Entscheidung: Ich beginne mit dem Noviziat.

Aufnahmeexerzitien

Die Aufnahme ins Noviziat beginnen Isolde und ich mit einer Woche Exerzitien. Für mich sind es die ersten und ich kann mir nicht recht vorstellen, was mich in dieser Zeit erwartet.

Die Exerzitien beginnen am Samstag zu Mittag und wie jedesmal vor ihnen kommen viele Schwestern aus den Filialen ins Mutterhaus. Es wird viel gesprochen und gescherzt, die Schwestern umarmen sich und tauschen Neuigkeiten aus.

Mit Beginn der Mittagsgebete wird dem Stimmengewirr der Schwestern ein abruptes Ende gesetzt. Von jetzt an wird geschwiegen, bis zum Ende der Exerzitien. Reden ist nur dann gestattet, wenn es unbedingt sein muss.

Schwester Meisterin gibt Isolde und mir noch genaue Anweisungen, wir erhalten in der Kapelle unseren Platz in der ersten Reihe und im Refektorium erhalten wir die beiden hintersten Plätze. Wir beide sind zum Servieren der Speisen eingeteilt. Auch andere Schwestern übernehmen verschiedene Dienste, wie das Lüften in der Kapelle, das Vorbeten und das Liederanstimmen.

Ich bin sehr aufgeregt. Die Kapelle füllt sich immer mehr und bald ist auch der letzte Platz besetzt. Die Kapellenuhr schlägt und der Exerzitienleiter betritt mit schweren, kräftigen Schritten die Kapelle. Wir beten gemeinsam, dann gehen wir ins Refektorium zum Mittagessen, das ebenfalls schweigend eingenommen wird. Dabei begleitet uns ruhige, klassische Musik. Die Musik nimmt meine Nervosität. Ich bin froh, mit niemandem sprechen oder Fragen beantworten zu müssen. Anschließend ist bis fünfzehn Uhr Ruhezeit. Jede Schwester kann selber entscheiden, wie sie diese Zeit verbringen möchte. Die meisten halten einen Mittagsschlaf oder gehen spazieren. Ich entscheide mich für beides und hoffe, dass Isolde nicht gleichzeitig mit mir im Zimmer ist. Unsere Noviziatsgemeinschaft besteht derzeit aus drei Personen und wir haben ein ganzes Haus zur Verfügung. Trotzdem müssen Isolde und ich uns ein Zimmer teilen. Wir haben beide ganz unterschiedliche Gewohnheiten und gehen uns gegenseitig kräftig auf die Nerven. Aber Mutter Sibylle hat entschieden, dass wir im ersten Noviziatsjahr gemeinsam im Novizinnenzimmer ausharren müssen. „Ihr werdet euch schon zusammenraufen", meint sie, „Das wäre doch gelacht, zu meiner Zeit waren wir zu fünft im Zimmer!" Isolde geht nach dem Essen nicht in Richtung Noviziat. Das bedeutet, dass ich jetzt das Zimmer in Beschlag nehmen werde. Ich lege mich für eine Weile in mein Bett und schlafe sofort ein. Ein heftiges Geräusch weckt mich auf. Isolde rumpelt ins Zimmer. Ich ziehe mich sofort an, mache das Bett zurecht und verlasse den Raum. Draußen scheint die Sonne. Ich gehe im Park auf und ab und suche mir einen Platz zum Verweilen. Ich setze mich auf einen Stein unter einem Baum und blicke vor mir ins grüne Gras.

Meine Gedanken verlassen diesen Ort. Sie wandern nach Hause, zu meinen Eltern, zu meiner Freundin Elena. Was wird sie machen? Ich denke an unsere gemeinsame Frankreichreise vor einem Jahr und an das Leben im Pfarrhof. Was wird Mutti gerade machen? Ich schaue auf die Uhr. Es ist halb drei Uhr am Nachmittag. Meine Gedanken wandern zu Mutti ins Pflegeheim. Sie sitzt jetzt auf ihrem Sessel, alleine in ihrem Zimmer, ohne Papa, ohne mich, alleine mit sich, kein Radio, kein Fernseher, nichts, nur sie alleine mit ihren Schmerzen. Sie sitzt genauso alleine da wie ich hier unter dem Baum, denke ich und beginne zu weinen.

„Nicht weinen, reiß dich zusammen!", sage ich zu mir selber. „Du musst gleich zurück in die Kapelle, zum Vortrag des Exerzitienleiters und du willst doch nicht, dass alle bemerken, dass du weinst!" Ich erhebe mich von meinem Platz und versuche meine Gedanken wieder zurückzuholen, während ich durch den Park in Richtung Kapelle gehe.

Pünktlich um fünfzehn Uhr sind alle Schwestern in der Kapelle versammelt. Die Kapellenuhr schlägt und der Exerzitienleiter beginnt mit seinem Vortrag. Wir beten gemeinsam Psalm 139: „Herr, du hast mich erforscht und du kennst mich, ob ich sitze oder stehe, du weißt von mir!" Ich notiere mir einige Gedanken des Exerzitienleiters zu diesem Psalm. Nach einer Stunde ist der Vortrag beendet und bis zur Vesper haben wir jetzt eine Stunde Zwischenzeit. Ich nutze die Zeit, um mich zu bewegen und drehe einige Runden im Park.

Einen Tag gar nichts reden, wird nun doch schwierig für mich. Ich treffe Schwester Meisterin im Park und schaue sie etwas hilflos an, worauf sie mich in ein kurzes Gespräch verwickelt und mir zu verstehen gibt, dass es durchaus erlaubt ist, das Schweigen für kurze Zeit zu unterbrechen, wenn es die Liebe zur Mitschwester fordert. Ich bleibe noch lange im Park und denke über das Gehörte nach.

Nach der Vesper wird gegessen, anschließend beten wir die Komplet. Um neun ist Bettruhe. Der erste Tag der Exerzitien ist überstanden und jetzt folgen noch sechs weitere, denke ich mir. „Halte durch, Gott kennt dich mit all deinen Sorgen und Ängsten!", rede ich mir selber gut zu.

Die sechs weiteren Tage verlaufen ähnlich. Ab Donnerstag aber beginnt die Spannung zu steigen und ständig gibt es irgendwelche Kleideranproben, Singproben oder Sprechproben.

Isolde und ich sollen am Freitagabend eingekleidet werden. So heißt die Bezeichnung für die Aufnahme ins Noviziat. Wir erhalten unser Ordenskleid. Das wird jetzt von der Habitschneiderin fertiggestellt. Außerdem muss der weiße Schleier, den wir über unseren Haaren tragen, genau zur jeweiligen Kopfform passend genäht werden. Die Schleieranproben stellen mich auf eine harte Probe. Schwester Meisterin zieht und Schwester Edelburga, die Schneiderin, zieht auch. Zu guter Letzt kommt noch Mutter Sibylle und meint, der Schleier müsse vorne alle Haare verdecken. Ich habe immer Stirnfransen getragen, die sollen nun verschwinden. Meine Erfahrung hat mich gelehrt, dass Zornausbrüche im Kloster nur zu Unmut und Entschuldigungsszenen führen, also schlucke ich meinen Ärger hinunter und versuche gelassen zu bleiben und alles in Liebe zu ertragen.

„Ihr habt beide einen ordentlichen Schulabschluss und schafft es nicht, gemeinsam einen Satz zu sagen", schimpft Mutter Sibylle und blickt uns dabei streng durch ihre Brille an. „Geht hinaus und wenn ihr es könnt, dann kommt wieder!" Isolde und ich laufen rot an und verlassen beschämt das Zimmer der Generaloberin. Draußen sehen wir uns an und beginnen zu lachen.

Wir proben es noch einmal: „Wir bitten um die Aufnahme ins Noviziat!" Anschließend schaffen wir es auch gemeinsam vor Mutter Sibylle.

Die Exerzitien schließen mit einem feierlichen Gottesdienst. Während des Gottesdienstes erhalten wir unser Ordenskleid und den neuen Namen. Ein neues Kleid und ein neuer Name bedeuten, dass wir nun ein neues Leben beginnen und gleichzeitig zur Gemeinschaft der Schwestern gehören.

Es ist ein sonderbares Gefühl, als ich gemeinsam mit meiner Mitnovizin in feierlicher Stimmung die Kapelle verlasse. Die Schwestern haben sich vor der Kapelle versammelt und freuen sich spürbar über ihre neuen Mitglieder. Wir werden umarmt und es werden uns viele gute Wünsche zugesprochen. Einige Schwestern geben uns kleine Geschenke, wie Spruchkarten, Schokolade oder Bücher.

Mit dem heutigen Tag lasse ich mein altes Leben zurück und trete nun in ein mir noch unbekanntes, neues Leben der Entsagung und des Gebetes ein. Mein neuer Name ist Schwester Antonia.

Drum prüfe ...

Der Tagesablauf ist ab sofort streng geordnet. Der Tag beginnt mit dem Läuten des Weckers. Es ist fünf Uhr zehn und ich setze mich kerzengerade im Bett auf. Waschen, anziehen, hoffentlich sitzt der Schleier richtig, und dann gehen wir gemeinsam mit unserer Novizenmeisterin in die Kapelle zur Morgenbetrachtung. Nach dreißig Minuten schlägt die Kapellenuhr und wir beginnen mit der Laudes. Als Novizinnen haben wir nun die Ehre, die Psalmen anzustimmen. Für mich ist das Singen eher eine Qual, so überlasse ich das meiner Mitnovizin und übernehme das Sprechen. Nach der Laudes beginnt die tägliche Messe und dann um ca. sieben Uhr fünfzehn gibt es endlich Frühstück. Von neun bis zehn Uhr ist Unterricht, den uns unsere Novizenmeisterin erteilt. Dabei sitzen wir an einem großen runden Tisch und warten gespannt, was nun auf uns zukommen wird. Unsere Novizenmeisterin legt großen Wert auf gute Manieren und vor allem auf die ,Herzensbildung', wie sie es nennt. Somit sind das unsere ersten Themen und danach folgen das Gelübde des Gehorsams, der Armut und der Ehelosigkeit. Nach dem Unterricht arbeiten wir in der Küche oder in der Wäscherei, dann folgen die Mittagsgebete, das Mittagessen mit anschließendem Abwaschen. Wenn wir Glück haben, ist uns nun eine halbe Stunde Freizeit gegönnt und danach erfolgt wieder Unterricht, Gebetszeit und der Tag schließt mit der Vesper, dem Abendessen und der Komplet.

Dieser Tagesablauf ist nun ein Jahr lang unser äußerer Rahmen und das Kloster der geschützte Ort, an dem wir prüfen, ob wir für dieses Leben berufen sind. So vergeht ein Tag nach dem anderen. Das Verlassen des Klosters ist im ersten Noviziatsjahr nur mit Erlaubnis und in Begleitung der Novizenmeisterin erlaubt. Unsere Ausgänge beschränken sich auf Arztbesuche oder gemeinsame Spaziergänge. Ich erhalte die Erlaubnis, einmal im Monat in Begleitung meine Mutter zu besuchen. Besuche bei uns sind auch nur selten erwünscht, da wir mit möglichst wenig Ablenkung leben sollen.

Ich habe mich auf den Weg gemacht, Christus zu folgen. Dabei lerne ich viel Neues, sammle Erfahrungen, durchlebe Dunkelheiten und versuche mit mir und den anderen zurecht zu kommen. Ich lebe abgeschieden von der Welt in meinem eigenen Universum und bin auf der Suche nach der Freiheit, die Gott schenkt, auf der Suche nach Gottes Willen.

Manchmal bin ich tief glücklich, erfüllt, dankbar und zufrieden, dann wiederum kann ich Vieles nicht verstehen, fühle mich gekränkt und unverstanden und habe Angst vor der Zukunft, Angst um Mutti, werde von Papas Tod verfolgt, habe Angst, Gott zu wenig zu lieben und fühle mich doch ohnmächtig, irgendetwas zu verändern.

Meine Mitnovizin ist mir nach sechs Monaten Noviziat noch genauso fremd wie zu Beginn. Endlich bekommen wir eine neue Kandidatin. Ich bin darüber sehr erfreut und schließe sie sofort ins Herz. Sie hat eine sehr kindliche Art. Wir erleben sehr ausgelassene und fröhliche Stunden, wir lachen viel und benehmen uns wie Kinder. Solche Zeiten genieße ich.

Das zweite Noviziatsjahr verbringt jede von uns außerhalb des Mutterhauses in einer Filiale. Nur am Wochenende kehren wir ins Mutterhaus zurück. Ich möchte gerne dieses Jahr in einer unserer Ordensschulen verbringen, um mich auf meinen zukünftigen Beruf vorzubereiten. Mutter Sibylle scheint es zu gefallen, mich zu verunsichern, indem sie den Wunsch äußert, mich in eine andere Niederlassung der Schwestern zu schicken. Aber Schwester Meisterin gibt wieder einmal nicht nach und so komme ich zu Schwester Gregoria und soll bei ihr und anderen Lehrerinnen und Schwestern hospitieren und im Internat mitarbeiten.

Mein neuer Platz gefällt mir gut. Ich habe ein eigenes Zimmer mit Balkon, Dusche und WC. Das Leben außerhalb des Mutterhauses ist nicht so streng an Vorschriften gebunden. Wir beten zwar auch hier regelmäßig die Gebete und treffen uns zum gemeinsamen Essen, aber sonst geht jede Schwester ihrer Arbeit nach und wir haben jederzeit die Freiheit, einen erholsamen Spaziergang zu machen. Eingekauft wird von der Schwester Oberin und wenn wir etwas brauchen, was nicht sowieso vorhanden ist, dann bitten wir darum. Ich finde Gefallen an diesem Leben, vor allem mag ich das Hospitieren bei Schwester Gregoria. Ihr Unterricht ist sehr lebendig und frisch und sie schafft es immer wieder, die Schülerinnen und mich zum Lachen zu bringen. So vergeht das Jahr. Abends bin ich immer im Internat und helfe den Erzieherinnen. Schwester Gregoria ermöglicht mir das Autofahren mit dem eigenen Klosterwagen, sodass ich jeden zweiten Mittwoch im Monat zu meiner Mutter ins Pflegeheim fahren kann.

Die Wochenenden verbringe ich im Mutterhaus und ich bin jedes Mal froh, wenn ich wieder zurück in die Schule fahren kann. Schwester Gregoria schenkt mir etwas sehr Wertvolles für meine Zukunft, nämlich ein Tagebuch. „Schreib jeden Abend etwas auf, das wird dir gut tun!", sagt sie mit knappen Worten und verlässt mit rauschendem Gewand und festen Schritten mein Zimmer. Genauso schnell, wie sie gekommen ist, verlässt sie den Raum auch wieder. Ich nehme das Tagebuch an mich und öffne es. Weiße, saubere Blätter lachen mir entgegen und ich bin voller Freude, dass Schwester Gregoria an mich denkt. Jede Zuwendung, die sie mir schenkt, ist für mich etwas ganz Besonderes, und ich stehe da und genieße diesen Moment.

Mehr weiße als schwarze Bohnen

Am Ende des zweiten Noviziatsjahres möchten Schwester Isolde und ich die erste Profess, das Ordensgelübde, ablegen. Immer wieder gibt es Äußerungen, dass wir vielleicht nicht zur Profess zugelassen werden könnten, weil wir nicht wirklich in die Gemeinschaft passen. Aber zu guter Letzt hat jede von uns bei der Abstimmung des Generalrates mehr weiße als schwarze Bohnen erhalten und wir werden beide angenommen.

Die Zeremonie beginnt wieder mit einwöchigen Exerzitien und einer anschließenden Professfeier in der Kirche. Wir gehen ganz in weiß, wie richtige Bräute, ein Priester unserer Wahl begleitet uns als Brautführer in die Kirche. Außerdem werden die Eltern und Verwandten eingeladen, sowie Freunde und Bekannte.

„Soll ich diesen Schritt wirklich wagen?", frage ich mich. Ja, ich gehe weiter auf dem Weg, den ich begonnen habe. Ich denke an Schwester Gregorias Aussage: „Wo viel Licht ist, gibt es auch Schatten!" „Wie recht sie doch hat!", denke ich und gebe vor dem Bischof mein Versprechen: „Ich, Schwester Maria Antonia, gelobe vor Gott dem Allmächtigen sowie vor Ihnen, Hochwürdiger Vater, und vor Ihnen, Würdige Mutter, ein Jahr in Jungfräulichkeit, Armut und Gehorsam zu leben." Mit diesen Worten bin ich nun zunächst für ein Jahr an die Einhaltung der Gelübde und an diese Gemeinschaft gebunden. Ich verlasse das Noviziat und bin Professschwester, für ein Jahr. Ich werde in die große Welt zurückkehren, ich verlasse den geschützten Ort des Klosters und werde bald in einer anderen Stadt meine Ausbildung beginnen.

Selbstbehauptung

„Hey, wo hast denn du eingekauft? Da geh ich auch hin." Ein junger Mann kommt lachend näher und reißt mich aus meinen Gedanken. Ich warte auf den Bus in einer fremden Stadt und weiß nicht so recht, was ich sagen soll. „Ich bin Ordensschwester und das ist unsere Tracht", sage ich. „Sieht echt nicht schlecht aus", sagt er belustigt und geht weiter.

Ich steige in den Bus und fahre zur Akademie. Hier soll es die derzeit beste Ausbildung zur Lehrerin geben, hat Mutter Sibylle behauptet und so bin ich hier. Ich bin Schwester und habe ein gutes Beispiel zu geben, wurde mir beim Abschied gesagt. Im Ordenskleid bin ich nie eine Privatperson, sondern stets Vertreterin der Kirche und habe mich auch so zu verhalten. Es ist anstrengend. Die Leute auf der Straße sind entweder freundlich oder abweisend, manche erwarten Hilfe oder sie erzählen mir ihre Sorgen, manche verspotten mich auch. Ich versuche mich darauf einzustellen, hilfsbereit und freundlich zu sein.

„Schwester, Sie müssen fleißig sein!", sagt unsere Abteilungsvorständin zu mir und teilt mich gerne für zusätzliche Arbeiten ein. Ob ich das alles irgendwie bewältigen werde, frage ich mich manchmal und lege alles in Gottes Hand.

Ich wohne nun in einer anderen Ordensgemeinschaft. Die Klosteranlage ist viel weitläufiger, es gibt ein eigenes Sanatorium, einen Kindergarten und eine Schule. Es fällt mir auf, dass die Schwestern sehr gebildet und weltoffen sind und ich genieße es, zu diskutieren und am Abend nach der Vesper beisammen zu sein.

In der Akademie geht es mir gut. Die anfängliche Distanziertheit meiner Kolleginnen verändert sich bald und wir entwickeln richtigen Teamgeist. Ich gehöre dazu, voll und ganz. Ich werde zu Geburtstagsfeiern eingeladen und alle finden es aufregend, wenn ich Bier trinke, tanze oder mit dem ‚Mamamobil', lauter Musik, weißem Schleier und Habit durch die Straßen gefahren werde. Ich liebe das Leben und die Freiheit, die ich hier genieße, vor allem auch die Toleranz der Anderen und dass ich sein darf, wie ich bin.

Die zwei Jahre an der Akademie vergehen sehr schnell. Einmal im Monat bin ich im Mutterhaus und erhalte an diesen Wochenenden auch die Erlaubnis, meine Mutter zu besuchen. Mutter Sibylle möchte jedes Mal wissen, wie es mir geht. Ich vermeide aber ausführliche Berichte, denn ich spüre immer mehr, dass sie mich nicht wirklich versteht. Was würde sie wohl sagen, wenn ich ihr von einem Professor erzählen würde, der mein jungfräuliches Leben während einer Vorlesung anzweifelt oder von einem etwas betrunkenen Direktor, der mir während einer Pause im Gang über die Brüste streicht und mich sehr hübsch findet? Solche Zwischenfälle behalte ich besser für mich und rede nicht darüber.

Gegen Ende meiner Ausbildung bringt mich Mutter Sibylle dazu, dass ich mir einmal im Zorn Schleier, Rosenkranz und das Ordenskleid regelrecht vom Leib reiße. Ich werfe mich heulend auf mein Bett und fühle mich schlecht und wehrlos. Sie sagte mir während eines Telefonates, dass es nicht sicher ist, dass ich als Lehrerin eingesetzt werde. Ich ärgere mich wahnsinnig und frage mich, wozu ich dann diese Ausbildung gemacht habe. Doch meine Novizenmeisterin, die gemeinsam mit Schwester Gregoria immer ein gutes Herz für mich hat, erreicht dann doch, dass ich im kommenden Schuljahr in der ordenseigenen Schule beginnen werde. Ich freue mich auf das Unterrichten, aber ich verlasse mit schwerem Herzen die 'fremde Stadt', die mir nun sehr vertraut ist und mir Raum für Entfaltung gab.

„Warum sind Sie im Kloster?"

Das Lachen, das Reden und die Geräusche von Haarföhn und Radio verstummen plötzlich und es herrscht Totenstille im Raum. Ich stehe in der Mitte des Internatszimmers und blicke verblüfft die Mädchen an: „Was ist los mit euch?"

Alle schauen mich erwartungsvoll an und eine stellt die Frage: „Warum sind Sie im Kloster?" „Möchtet ihr das wirklich wissen? Dann setzt euch zu mir und ich werde versuchen, es zu erklären!" Ich bin überrascht und merke, wie mein Herz etwas schneller schlägt, während ich nach den richtigen Worten suche. Dann antworte ich: „Weil ich von Gottes Liebe zu uns Menschen überzeugt bin und weil ich diese Liebe erwidern möchte!" Dann werde ich unterbrochen. „Und warum wollen Sie keinen Mann und keine Kinder, ist das nicht Gottes Liebe?" „Doch, natürlich", antworte ich, „aber meine Aufgabe besteht darin, für Gott und für euch da zu sein" „Wollen Sie nie eine Familie?" „Das Kloster ist meine Familie", antworte ich. „Mögen Sie keine Kinder?" „Ich mag Kinder, auch wenn ich selber keine habe!"

Dann ist der besondere Moment vorbei und der ganz normale Abend in einem Mädcheninternat setzt sich fort. Ich gehe von Zimmer zu Zimmer, schaue nach, ob jemand etwas braucht, tröste die Mädchen, die Heimweh haben. Ich helfe beim Lernen und am liebsten nehme ich an ihrer Ausgelassenheit Anteil. Ich mag diese jungen fröhlichen Menschen, ihre Offenheit und ihre Geradlinigkeit und ganz besonders ihre Albernheiten. Mitten unter ihnen fühle ich mich lebendig und am richtigen Platz.

Dieser Platz ist nun eine Mädchenschule unserer Gemeinschaft. Das Arbeiten, Beten, Essen, Schlafen, die Freizeit – alles ist nun auf diese Schule konzentriert. Die Einkäufe werden von Schwester Oberin erledigt, somit komme ich nur außer Haus, wenn ich spazieren oder zur Kirche gehe. Einmal in der Woche, an meinem unterrichtsfreien Tag, fahre ich zu Mutti ins Pflegeheim. Manche Besuchstage erfüllen mich mit Kraft und Hoffnung, wenn ich sehe, wie Mutti trotz ihres schweren Leidens ihren Humor behält. Dann wiederum gibt es Tage, da leidet sie sehr unter den andauernden Schmerzen und der fremden Umgebung, sie ist depressiv und gibt mir an allem die Schuld. Die Wochenenden sind gefüllt mit Gebetszeiten, gemeinsamen Mahlzeiten, Wandern, Vorbereitungen oder ich fahre ins Mutterhaus, wo sich regelmäßig die Schwestern ohne ‚ewige Profess' treffen, um sich geistig weiterzubilden. Die Schule wird immer mehr der Mittelpunkt meines Lebens. Ich nehme an Klassenfahrten teil, übernehme administrative Aufgaben und eigentlich alles, was mir zugedacht wird.

Ich funktioniere perfekt und ein Jahr nach dem anderen vergeht.

Ein Stift und ein Tagebuch sind nun schon viele Jahre meine Begleiter für ruhige Abende. Ich sitze in der Kapelle, in meinem Zimmer oder draußen am Bach und schreibe das auf, was ich nicht sage.

Freitag, März 1993

Schule, Supplierplan, Unterricht * Müdigkeit, Stiegen auf – Stiegen ab * Blicke aus dem Fenster * Besprechungen * Dasein – Zuhören – verstehen wollen * Suchen, warten, träumen * keine Erfüllung * oberflächliche Begegnungen * neue Aufträge * unerfülltes Hoffen * Gott * Mühe, an Gott zu denken * weit weg von seiner Geborgenheit * Einsamkeit, Müdigkeit * 19.00 Uhr – Ende * Das Leben geht weiter, es liegt in Gottes Hand!

Samstag, April 1993

Ich sitze alleine in der Kapelle. Montag war ich alleine, ich kann mich an nichts mehr so genau erinnern. Nur, dass ich spazieren war und traurig. Dienstag hatte ich den ganzen Tag Unterricht und abends richtete ich noch einen Schaukasten. Ich war total am Ende. Konnte keinen Menschen mehr ausstehen und wollte nur meine Ruhe haben. Am Mittwoch war ich bei Mutti und ich war sehr ungeduldig. Donnerstag schrieb ich den ganzen Tag an administrativen Arbeiten. Abends steckte ich mit letzter Kraft die Blumengestecke für die Kapelle. Dann weinte ich und war wieder einmal total fertig. Schwester Gregoria hatte keine Zeit für mich und eigentlich niemand. Ich fühle mich so schlecht, total grauslig. Gestern war der Rest. Ende meines Bemühens, meiner Kraft, Ende mit meiner Geduld, mit allem. Ich fühle mich von geliebten Menschen verlassen, ausgenützt, nicht ernst genommen. Einfach total krank. Es brennt und frisst in mir. So gerne möchte ich wieder zu Dir, Gott, heimkommen, damit mein Leben wieder heil wird. Was soll ich tun? Ich kann mir selber gar nicht helfen. Es geht durcheinander. Alles. Was soll dieses Leben, es geht wie im Kreis, ein Tag nach dem anderen vergeht. Ich mitten drin, gelebt, geschoben, gewollt, gebraucht, in die Ecke gestellt, verbraucht, ausgebrannt, wartend, hoffend, doch noch Wärme erhoffend, kalte Mauer, zurückgezogen in mich selbst, nach außen stark, nach innen blutend. Was lerne ich aus diesen vergangenen Tagen?

Dienstag, Mai 1993

Mein Gott, nun habe ich endlich Zeit, nur mit Dir alleine zu sein. Ehrlich möchte ich Dir schreiben, wie es mir geht. Ich bin momentan traurig und ich bin froh, den Redeschwall der Nonnen überstanden zu haben. Einsamkeit und Zweifel nagen in meinem Inneren. Irgendwie bin ich müde und überfordert. Ich könnte die ganze Zeit weinen. Es geht mir wirklich nichts ab. Trotzdem ist in mir so viel Sehnsucht, jemanden zu haben, der mich versteht. Wo soll ich denn reden? Wo werde ich geliebt? Ich bin wahrscheinlich zu anspruchsvoll! Vielleicht bin ich auf einem Irrweg? Jesus, auf Dich habe ich vertraut und gebaut und an Dich geglaubt, dass dies mein Weg für mich ist. So viel Unsicherheit ist in mir. Aber ich muss sie aushalten. Mein Gott, wenn alles zerbricht, Du bleibst, Du gibst Leben.

Montag, August 1993

Ich denke zurück an vergangene Zeiten. Dabei empfinde ich Schmerz und Unsicherheit, Qualen und Ängste und Unrecht. Ich war nie so, wie ich gerne hätte sein wollen, gut und klug, hübsch und intelligent. Verraten habe ich anscheinend meine Eltern. Mein eigenes Daheim damit zerstört, weil ich ins Kloster gehen wollte. Den Tod meines Vaters herbeigeführt, meine Mutter ins Altersheim gesteckt. Meine Schwester ist schön und schuldlos. Sie hat ihr Daheim, ihre Familie und ich gönne es ihr. Ihre Hände sind unschuldig. Sie kam einmal im Monat auf Besuch, ich war jeden Tag daheim und sah meine arme Mutter leiden, ich ging in die Schule und schnell nach Hause, um zu putzen, kochen, einkaufen, Rücksicht nehmen. Und immer so weiter, keine Freiheit, keine Freundin, schlechte Noten, alles war zu viel. Und dann habe ich zu Gott gefunden, einfach so? Ich weiß es nicht. In meinen Ängsten begann ich zu beten und zu bitten und fand Halt in Gott. Alles war so vergänglich. Mein geliebter Papa! Ich wollte nicht mehr leben für eine Wohnung, für einen Menschen, für ein Auto, für Essen, ich wollte für den leben, der ewig ist. Und heute habe ich Sehnsucht nach dem, was ich so gering geachtet habe. Es fehlt mir so! Warum gibt es für mich nur in Träumen jemand, der meine Tränen trocknet, meine Einsamkeit spürt und mir hilft. Warum wird nur meine Stärke beansprucht und meine Ideen? Das ist schön und gut und ich bin dankbar. Aber warum so einseitig? Gottes Wille geschehe!

Sonntag, November 1993

Ich stelle mein Leben in Frage. 29 Jahre, und womit waren sie gefüllt? Leben, ein Geschenk von Gott! Mein Leben, auch ein Geschenk von Gott! Und wie gehe ich damit um? Oft ohne Verantwortung. Ausbeuten, wegwerfen, betäuben, am Wachsen hemmen, im Alltag ersticken. Ich lebe und lebe doch nicht. Ich vergesse mich und irgendwann kommt der Abstieg. Ich bin und ich bin in Gott! Ich vertraue, dass er mein Leben in Händen hält und es so führen wird, dass es gut ist.

Samstag, Juli 1994

Meine Gnade genügt Dir, denn sie erweist ihre Kraft in der Schwachheit. Mein Gott, ich bin nun bei Dir und bringe mein Leben mit. Ich denke daran, ob Du Dich freust, mein Gott, wenn Du mich anblickst? So sehr wünsche ich mir das. Ob meine vergangene Zeit gut gelebt war? Ich habe dabei ein schlechtes Gewissen, ich bemühe mich zwar, bin aber oft viel zu schwach, um besser zu leben. In mir ist so viel Sehnsucht und auch Dankbarkeit. Mein Gott, ich liebe Dich und hoffe so sehr auf Dich! Ich bin am Ende, fertig und voller Zweifel. Was sagst Du zu mir? Ich kenne Dich ja gar nicht, aber ich verspüre solche Sehnsucht und Liebe nach Dir und nach Menschen. Ich vertraue Dir!

Juli 1994

In einem Buch habe ich ein sehr wahres Wort gelesen: „Von außen kommt er nicht auf Dich zu, sondern von innen wird er aus deinem Wesen aufsteigen und nur auf diesem Weg wirst du Gott kommen sehen, erleben, erkennen."

Ich höre das Plätschern des Brunnens. Ich denke über das vergangene Schuljahr nach. Gott war da, jeden Tag. Er gab mir wichtige und schöne Begegnungen. Ich habe die ewige Profess abgelegt. So glücklich und eins mit Gott fühlte ich mich. Er nahm von mir die Angst und das Misstrauen.

Leere, Sehnsucht, Veränderung

Ich sitze auf einer Bank und genieße die Sonne, den Wind und die Natur um mich herum. Ich denke nach. Es gibt so viele Unstimmigkeiten und Konflikte zwischen den Schwestern und mir. Meine Seele ist entfernt von Gott. In mir herrscht Leere, viele unerfüllte Wünsche, Sehnsucht, verlorene Heimat. Ich bin ungeduldig und habe so wenig Kraft, die anderen zu ertragen, und doch bin ich voller Hoffnung nach Leben und Weiterentwicklung. Ich will niemand enttäuschen, ich will nur ich sein dürfen, ich werden dürfen. Warum ist das so schwer? Ich will studieren! Ich werde meinen Wunsch nicht mehr für mich behalten.

Jesus, ich kann nicht mehr! Du weißt ja, wie es mir geht. Ich zweifle an mir, ich mache alles falsch. Ich habe so wenig Freude am Leben. Überall wird nur gestritten. Im Kloster, in der Kirche, in der Schule, keiner versteht den anderen. Ich kann nicht mehr so weiterleben. Ich fühle mich hier so eingeengt, so gefangen, ohne Freiheit.

Nun lebe ich fünf Jahre in der Schule. Ich suche nach einer Veränderung und sehe diese im Beginn eines Studiums. Aber so einfach ist das nicht. Es folgen viele herausfordernde Gespräche mit meinen Vorgesetzten und nach vielen Überlegungen wird es mir erlaubt.

Ich bleibe weiterhin in der Schule tätig, lebe auch weiterhin hier und besuche wie üblich jede Woche meine Mutter.

Ein erster Schultag

*Heute war wieder ein erster Schultag. Hinter mir lasse ich einen Tag voller Arbeit. Fragen, Antworten, Lachen, Bemühen, ein tiefer Blick voll Wärme, Hoffnung in den Augen. Ich möchte auch studieren, weil es für die Zukunft der Schwestern gut ist. * Wenn das Studium dein Wille ist, so wird es möglich. *

So sehr ersehne ich Dich, mein Gott, in der Gemeinschaft von uns Lehrern und Schülern und Schwestern. * Vertrauen haben * Gott, Dir alles überlassen * mich ganz einfach am Leben freuen * dankbar sein – weil ich lebe * Gott, was sein wird? * Was kommen wird? * Ich lasse los und lasse mich in deine Hände fallen. Du wirst Dich um alle sorgen, um meine Mutti, um die Schwestern, die Schule und Du wirst auch mich nicht vergessen, mich mit meiner Sehnsucht, mit meinem Herzen, das gut sein möchte und sich nach Liebe sehnt. Danke, gute Nacht.

Ich pendle jeden Tag zwischen Schule und der Universität. Ich genieße die Freiheit, die ich dort erlebe. Ich begegne vielen netten Studenten, auch Schwestern und Brüdern aus anderen Gemeinschaften. Wir tauschen unsere Erfahrungen aus und ich merke immer mehr, wie einseitig mein Leben in den letzten Jahren verlaufen ist.

Sonntag, April 1995

Heute bin ich nach langer Zeit sehr zufrieden erwacht. Ich denke nach und merke: Mein Leben war die ganze Zeit über eine Lüge: Zugeschütteter Schmerz, verborgene Sehnsüchte, ich habe alles verborgen, hinter einem strahlenden Gesicht. Stark und erfolgreich glaubte ich mich. Meine Begegnungen waren oft davon gezeichnet. Nicht ehrlich waren sie, sondern gespielt. Glücklichsein habe ich gespielt. Damit andere nicht merken, wie einsam, verletzt und hilflos ich im Grunde bin. Gott, Du hast meinen Hilferuf gehört. Du hast mir eine Begegnung mit einem Menschen geschenkt, der vorsichtig Schale um Schale entfernt und so in mein Inneres vordringen kann. Aus ‚ich' wird ‚wir'. Danke, mein Gott, das ist Sonntag, Ostern, Heilung.

Der Stein auf meinem Grab

Unsere Generaloberin ist zur Visitation hier. Es geht mir in der Gemeinschaft schlecht. Meine jüngere Mitschwester und ich machen wieder mal alles falsch. Ich fühle mich so schrecklich eingeengt.

Jesus, ich will niemandem wehtun, aber ich kann nicht mehr so weiterexistieren. Bitte hilf mir. In mir ist so viel Durcheinander. Ich sehne mich nach Ruhe, es gibt aber ein Gewitter.

Ich bin verkühlt und fühle mich schlecht, aber ich fahre trotzdem zu Mutti.

Mein Gott, es geht ihr so schlecht, sie tut mir so leid, so schrecklich leid. Ihr geschwollener Fuß, was soll ich tun? Sie will keinen Arzt. Erlöse sie doch endlich von ihrem Leiden.

Ich schwitze, ich möchte wieder ins Bett, aber ich stehe jetzt auf, gehe beten, Frühstücken und dann fahre ich.

Ostersonntag: In meinem Herzen sind wieder diese Dunkelheit und viele Zweifel. Die Zeit eilt, mich bedrängt das Leben, die Prüfungen. Ich glaube, ich schaffe bald nichts mehr. Ich fühle mich nicht wohl, möchte alles lassen und davonlaufen. Das geht aber nicht.

Ich denke zurück an vergangene Zeiten. An meine Kindheit, an die Jugendzeit und an die zehn Jahre im Kloster. Es war gut und es war nicht gut. Ich habe gelebt, weil andere mich gelebt haben und jetzt fühle ich mich eigentlich recht verlassen und hilflos.

Es fällt mir schwer, wieder ich zu werden. Der Stein ist noch immer auf meinem Grab – er ist noch nicht weg – noch ist für mich nicht Auferstehung. Mein Stein: dunkle Kleidung, zu wenig Freiheit, ständige Auseinandersetzungen, Müdigkeit, Traurigkeit, Angst.

Ich frage nach dem Willen Gottes. Worin liegt er? Ich habe so Sehnsucht nach Leben. Aber ich schaffe es nicht. Ich habe hier wenig Raum dafür.

Was ist das Leben? Erwarte ich zu viel? Wie wird es außerhalb des Klosters sein? Täusche ich mich momentan selber? Gott, ich vertraue Dir! Bitte, zeige uns beiden den rechten Weg! Danke!

Was wird dieser Monat bringen?

Erste Woche im Mai: Mein Gott, ich lege alles in deine Hände. Mein jetziges und mein zukünftiges Leben. Bitte, verlass mich nicht, ich will die Veränderung nicht leichtfertig tun. Ich möchte in Deinem Willen sein und mir nichts nehmen, was Dir gehört. Ich erlebe ihn aber als so großes Geschenk von Dir und glaube, dass du mir dieses Geschenk in den Schoß gelegt hast.

Ich will sorgsam damit umgehen. Langsam verstehe ich erst, was Leben heißt und meint und wie wertvoll es ist.

Zweite Woche im Mai: Ich kann nicht schreiben. Bin zu müde. Gute Nacht.

Dritte Woche im Mai: Es ist ausgesprochen. Sie wissen es. Ich werde euch verlassen! Ich kann nicht mehr. Ich mag euch, aber ich kann nicht bleiben. Ihr wart gut zu mir, aber ich muss weiter.

Ein Stein im Rollen

Die Zeit vergeht. Die Ereignisse überstürzen sich.

Mein Gott, liebst Du mich noch?

Ich muss an klärenden Gesprächen mit der Ordensleitung teilnehmen. Sie bieten mir Zeit zum Überlegen. Für mich steht der Entschluss fest. Dann geht meine Oberin, die immer ein mütterliches Herz, für mich hat, mit mir Kleidung kaufen. „Du sollst ordentlich daherkommen", meint sie und ich probiere Röcke, Kleider und Hosen – nach so langer Zeit. Sie hat Tränen in den Augen, aber sie begleitet mich. Wir schauen gemeinsam nach einer Wohnung, sie hilft mir beim Einrichten und ich erhalte alles, was ich brauche. Ein Gespräch beim Bischof folgt. Ich fahre ins Mutterhaus, den Ort, wo so viel Hoffnung für mich begann, und nehme mein Entlassungsdekret in Empfang.

Die Orgelmusik verstummt, die Leute verlassen die Kirche, wir bleiben noch auf unseren Plätzen. Bruder Emanuel nimmt schüchtern und zärtlich meine Hand. Wir sitzen eng nebeneinander, blicken gemeinsam nach vorne zum Altar und warten, bis wir alleine in der Kirche sind. Der Geruch von Kerzenwachs und Weihrauch ist uns bestens vertraut und gibt uns das Gefühl, ganz nahe bei Gott zu sein.

„Ich habe das Entlassungsdekret erhalten", sage ich leise zu ihm. „Auch meine Gelübde sind gelöst, endlich, von Rom ist der Bescheid gekommen. Freust du dich?", antwortet er. „Bald werden wir in unserer gemeinsamen

Wohnung leben", sagt er. „Ja", antworte ich, „Schwester Leonie hat mir Geschirr, Bettwäsche und Handtücher geschenkt."

Bruder Emanuel erhebt sich lächelnd, macht eine Kniebeuge, ich folge ihm, wir nehmen Weihwasser und verlassen gemeinsam die Kirche. Wir öffnen die schwere Kirchentüre, die Sonne blendet uns. Es ist ein warmer Sommertag. Die Straßen sind belebt von Menschen, die Luft ist erfüllt von süßem Blütenduft. Ich atme tief ein. Ich möchte Leben in mich aufsaugen, lebendig und frei sein. Wir gehen gemeinsam die Straße entlang, unsere Habite und mein Schleier wehen im warmen Wind, wir bemerken die Blicke mancher Leute, die auf uns gerichtet sind. Wir scherzen darüber und Bruder Emanuel schlägt vor, dass wir uns in den Garten eines Cafés setzen. Mir gefällt der Vorschlag. Wir bestellen uns Kaffee und Kuchen und ich fühle mich richtig gut.

Bruder Emanuel holt aus seiner Habittasche ein Blatt hervor und zeigt es mir. „Schau, ich habe mir überlegt, wie wir mit dem Geld haushalten werden", sagt er. „Da ich mein Studium fertig machen will, werden wir mit deinem Gehalt auskommen müssen und außerdem sollen wir auch für die Zukunft sparen." Ich finde die Aufstellung ganz vernünftig. Ob es möglich sein wird, so sparsam mit dem Geld umzugehen? Wir skizzieren auf der Rückseite des Blattes unsere Wohnung und danach üben wir unsere neue Unterschrift.

Die Zeit verrinnt, Bruder Emanuel begleitet mich zum Auto, wir verabschieden uns mit einer Umarmung und mit einem Kuss auf die Wange. Jeder von uns kehrt wieder zurück in seine Ordensgemeinschaft und wir sehnen uns beide nach dem nächsten Treffen.

Ich fahre zurück in die Schule und zu meiner Schwesterngemeinschaft. Während der Fahrt dorthin denke ich an Bruder Emanuel, an unsere erste Begegnung an der Universität, an seine hilfsbereite und liebevolle Art, mit der er mein einsames Herz sofort erobert hat. Jeden Tag hat er auf mich gewartet, hat mir Unterlagen kopiert, hat mir Skripten von versäumten Vorlesungen mitgebracht. Er war einfach da, mein Bruder!

Wir hatten wenig gemeinsame freie Zeit, denn ich kam pünktlich zu den Vorlesungen und musste anschließend wieder zurück zu den Schwestern fahren. Aber wir fanden trotzdem Zeit, um über unsere Berufung zum Ordensleben zu reden, und nach vielen Gesprächen spürten wir beide, dass wir nicht so glücklich waren, wie es anfangs schien. Langsam wuchs auch die Zuneigung und wir überlegten uns, wie es sein könnte, wenn wir die Gemeinschaften verlassen würden. Aus Überlegungen wurde ein Entschluss und gemeinsam waren wir stark genug, unseren Willen den Oberen mitzuteilen. Bruder Emanuel wollte seinen Vater Abt nicht enttäuschen, ich meine geliebte Schwester Gregoria und Schwester Leonie nicht. Aber es blieb uns keine andere Wahl. Mit Tränen und enttäuschten Schwestern und Brüdern waren wir konfrontiert, manche verstanden uns, andere wieder hatten spitze Bemerkungen oder böse Kommentare bereit.

Jetzt spüre ich wieder, wie das schlechte Gewissen in mir aufsteigt. Ist dieser Schritt wirklich richtig, ist Gott einverstanden, oder machen wir uns beide was vor? Ich habe ein Versprechen abgelegt, das habe ich gebrochen.

Was werden meine Kollegen und Kolleginnen dazu sagen und was meine Schülerinnen? Bis jetzt wissen nur meine Mutter und meine Geschwister Bescheid und natürlich die Schwestern. Meine Mutter hat sehr verständnisvoll reagiert und meinen Bruder beauftragt, dass er mir mein altes Sparbuch aushändigen soll.

„Ich habe es bei deinem Klostereintritt für dich aufgehoben und wenn ich was übrig hatte, habe ich es für dich gespart", sagte sie. „Wirf das Geld nicht raus, es ist gleich ausgegeben, schneller als du denkst. Sei vorsichtig, ich trau deinem Pater nicht, behalt das Sparbuch selber oder lass es bei mir im Kasten! Dann zieh endlich diese schwarzen Fetzen aus und richte Dich her wie eine Frau, mit einer ordentlichen Frisur und allem, was dazu gehört!"

Dann fällt mir der letzte Urlaub mit Schwester Gregoria ein. Sie wollte mir noch eine Chance geben. Gemeinsam verbrachten wir die freie Zeit in der Heimat meiner Mutter. Sie wollte mir diese Freude machen, wahrscheinlich in der Hoffnung, dass ich mir den Austritt doch noch überlegen werde. Ich habe meine Lieblingsschwester enttäuscht, eine Frau, die ich immer bewundert habe, deren Nähe mir so gut getan hat. Ich fühlte mich bei ihr geborgen und stark, ich habe Vieles von ihr gelernt. Ich habe diese Stärke nicht, ich bin gescheitert, bin zu wenig stabil und zu sensibel.

So zieht das vergangene Jahr in meinen Gedanken an mir vorbei, bis ich das Auto in der Garage unserer Schule geparkt habe. Ich komme gerade rechtzeitig zum Abendessen. Wir beten gemeinsam das Tischgebet, setzen uns und hören noch eine Lesung aus der Heiligen Schrift. Schwester Leonie schaut mich mit prüfendem Blick an, während des Essens wird kaum gesprochen, anschließend fahren wir zum Abendgottesdienst in die Pfarrkirche. Auch die Autofahrt verläuft schweigend. Erst als wir wieder zurück sind, sagt Schwester Leonie, ich solle noch kurz zu ihr ins Zimmer kommen. Mit schlechtem Gewissen folge ich ihr.

„Wir haben uns entschieden, dass du an der Schule bleibst und deine Arbeit hier weiter machen kannst. Unter einer Bedingung: Ihr müsst in den Ferien heiraten." Ich schaue sie an und bedanke mich für diese großzügige Haltung der Gemeinschaft. „Ja", sagt sie, „das hat es noch nie gegeben, vor dir mussten sich die ausgetretenen Schwestern einen neuen Arbeitsplatz suchen. Dass ihr heiraten müsst, ist wohl verständlich, ihr könnt nicht einfach so zusammen leben." Ich bedanke mich nochmals und betone, dass ich ganz sicher weiterhin mein Bestes geben werde und die Schule und vor allem die Schwestern unterstützen werde. Ich erzähle Schwester Leonie noch vom heutigen Treffen mit Bruder Emanuel. Sie hört mir zu und mit einem tiefen Seufzer sagt sie: „Gott geb, dass es euch beiden gut geht!"

Endgültiger Abschied

Mein Vater, ich bin voll Dankbarkeit. Heute haben wir uns wieder gesehen. Mein Gott, Du hast mich erhört, hast meine Armut bemerkt und ihn mir geschickt. Dafür bin ich so dankbar. Danke für die Hilfe von Schwester Leonie und von Mama. Als Bruder Emanuel heute weg war, erfüllte mich eine große Leere. Lass uns zusammen leben! Zeige uns, wie wir zusammen leben sollen! Ich möchte endlich leben. Angst überfällt mich öfters, ich gebe sie dir. Segne uns alle. Amen. Danke.

Die letzten Wochen des Schuljahres vergehen wie im Fluge und der Tag des endgültigen Abschiedes rückt immer näher. Wir beschließen, in aller Stille zu heiraten. Schwester Leonie stellt uns die Hauskapelle der Schwestern zur Verfügung und wir suchen gemeinsam nach einem passenden Termin. Bruder Emanuels Abt verspricht, die Trauung zu übernehmen. Durch Schwester Leonies Fleiß wird unsere kleine gemeinsame Mansardenwohnung von Tag zu Tag wohnlicher.

Dann ist es so weit: Nach dem Gottesdienst gehe ich zum letzten Mal in mein Zimmer und lege Rosenkranz, Schleier und Habit ab. Ich hänge alles vorsichtig auf einen Kleiderbügel, verabschiede mich mit Tränen und abwechselnd steigen Trauer und Freude in mir auf.

Meine langen Haare sind widerspenstig, trotzdem versuche ich mich halbwegs ansehnlich zu kämmen. Ich schlüpfe in mein neues Kleid und gehe nochmals in meinem Zimmer auf und ab. Jetzt bemerke ich, wie vertraut mir alles ist. Mein Schreibtisch, mein Bett und meine Gebetsecke. Ich werde die Klausur verlassen. Hier war ich geborgen und sicher, habe mich wohl gefühlt. Und doch war ich eingesperrt. Ich habe hier gekämpft mit mir selber, habe nachts, wenn alle schliefen, viele Tränen geweint und am Morgen war alles vergessen. Ich habe die Fürsorge meiner Mitschwestern erfahren, besonders wenn ich krank war, und manchmal habe ich mich vor ihnen zurückgezogen und wollte nur meine Ruhe.

Am Bett sitzt noch mein brauner Stoffhund, das letzte Geschenk von meinem Vater. Ich drücke ihn fest an mich und lege ihn in meine Tasche. Danach gehe ich noch für einen Moment ins Refektorium, dann verlasse ich die Klausur.

Schwester Leonie wartet auf mich, sie nimmt mich an der Hand und begleitet mich zum Ausgang. Wir umarmen uns und kämpfen beide mit den Tränen. Ich steige in mein Auto und fahre in einen neuen Abschnitt meines Lebens.

Zutritt verboten II

„Nun hat der Wein aber lange genug geatmet!", sagt Wilhelm. Er nimmt die CD aus dem Laptop, schließt ihn und schenkt Wein in die zwei leeren Gläser.

„Auf unser gemeinsames Leben!", sagt er liebevoll und küsst mich.

„Auf unsere Zukunft!", antworte ich.

DANKE

DANKE

DANKE

DANKE

DANKE

DANKE

DANKE

HA-H

wunderbar

begleitet

DANKE

Epilog

Ich öffne mein Tagebuch und suche meine letzte Eintragung. Sie war vor einem Jahr und ich staune über mich selber, dass ich so lange ohne das Schreiben ausgekommen bin. Ich setze mich an meinen Schreibtisch und versuche, nach so langer Zeit wieder etwas zu Papier zu bringen. Ich bin froh und dankbar für mein Leben. Ich genieße ruhige Tage, an denen ich nichts tun muss. Meine Zeit ist ausgefüllt mit Berufsarbeit und mit Besuchen bei meiner Mutter. Mit Emanuel erlebe ich zweisame Stunden, gemeinsames Streiten und den anderen in seinem Anderssein annehmen. Immer häufiger aber plagen mich Ängste, sie werden oft so stark, dass ich sie nicht mehr übersehen kann. Ich fürchte mich davor, krank zu werden oder einfach umzufallen. Das Leben ist so laut und ständig dieser Fernseher mit seiner Flut an Bildern, das halte ich nicht aus. Ich möchte viel mehr Ruhe und Entspannung in der Natur. Ich lasse mich zu sehr von den Gewohnheiten anderer mitreißen. Ich gehe unter!

Einige Monate später ist es so schlimm, dass ich den ganzen Tag Herzklopfen habe. Die Welt ist mir zu laut. Ich möchte zu mir finden und erkennen, wer ich bin und was ich will. Nicht mein Partner ist mein Ich, ich habe selber eines.

April 1998

Ich lebe unter Menschen. Gerede, Hast, Schreie, Laute, Wortfetzen.
Jeder rennt, ich renne mit, ich lasse mich rennen.
Plötzlich spüre ich mein Herz. Es klopft immer schneller. Ich bekomme Angst.
Ich falle und alle laufen über mich hinweg.
Ich möchte positive Gedanken denken, aber ich sehe mich sterben, leiden,
schreien. Und keiner hilft mir. Ich brauche einen sicheren Ort.
Diese Gedanken plagen mich. Ich vergesse sie während der Arbeit.
Aber danach kommen sie wieder. Am Ende des Tages bin ich froh, dass er vorbei ist. Mein Partner versteht mich nicht, er behandelt mich wie ein Kind.
Ich habe Sehnsucht nach Leben!

Mehr als zwei Jahre lebe ich nun schon nicht mehr im Kloster. Ich habe Zeit, an der Sonne zu liegen und einfach nichts zu tun. Es ist herrlich. Ich fühle Dankbarkeit in meinem Herzen und bemerke, dass ich unbedingt Zeit für mich brauche, denn sonst wird mir alles zu viel. Meine Ängste waren in den vergangenen Tagen kaum da.

Im Sommer werden die Wochen anstrengend. Jeden Nachmittag bin ich bei Mutti im Pflegeheim, weil es ihr schlecht geht. Als ich endlich allein in meinem Zimmer sitze, freue ich mich über die Stille. Es genügt mir, wenn mein Herz regelmäßig schlägt und mir nicht schwindlig wird.

Emanuel und ich streiten immer häufiger. Manchmal sind wir grob zueinander. Das tut mir leid.

Ich merke, wie in mir die Angst aufsteigt. Besonders Menschenmassen schnüren mir die Kehle zu. Irgendetwas stimmt mit mir nicht. Ich fürchte mich davor, einen Raum mit vielen Menschen zu betreten. Ich bekomme ein eigenartiges Gefühl, ich muss raus, sonst wird mir schlecht und ich falle um. Mein Herz fängt stark zu klopfen an und meine Atmung wird hektisch. Was soll ich tun?

Seit einer Woche bin ich zu Hause, ich habe einen grippalen Infekt. Das halte ich schwer aus, ich übe mich in Geduld. Das Gute an diesen Tagen: Ich habe Ruhe zum Nachdenken. Ich kann wieder beten und sehne mich so sehr danach.

Mein Gott, bitte erwecke mich wieder zum Leben! Lass mich wieder lebendig werden und nimm mir die Angst! Lass mich leben ohne diese belastende Wolke über mir, die mir ständig anschafft, verbietet oder droht! Lass mich endlich leben als Frau!

Eine dunkle Wolke ist über mir. Sie sagt: Du darfst nicht, du kannst nicht, du bist niemand, du bist nicht schön, du bist deinen Aufgaben nicht gewachsen, du musst, musst, musst und du sollst, sollst, sollst ... und mein Herz schlägt immer schneller, ich bin müde und kann nicht mehr.

Mein Gott, bitte befreie mich von dieser ständigen Begleiterin. Gib mir einen klaren Blick für mich selbst, damit ich sehe, wer ich bin, was ich kann, wie ich aussehe. Ich möchte zu mir finden und wachsen und reifen, mein Gott.

Mein Partner nörgelt ständig an mir herum. Er hat andauernd etwas an mir auszusetzen. Ich sei zu schlampig, meint er. Oft bin ich traurig und verstimmt und kämpfe wieder mit der Angst. Ich gönne mir selber nichts Gutes, nur dann, wenn jemand es mir ermöglicht.

Manchmal aber gibt es Lichtblicke. Ein Apriltag ist wunderschön. Emanuel und ich waren gemeinsam essen und in der Kirche. Ich habe meine Ängste überwunden, ich bin dankbar.

Gestern war ich wieder bei Mutti, das war mir viel zu anstrengend. Mit mir alleine sein und mich selber aushalten, fällt mir schon schwer genug. Ich finde nicht gut, dass ich zum Glücklichsein immer jemanden brauche. Ich nehme mir vieles vor, aber zum Durchführen fehlt mir meistens die Kraft.

Dabei merke ich, was mir gut tut. Zum Beispiel, wenn ich mich in der Natur aufhalte. Meine Angst geht zwar meistens mit mir. Aber ich gebe sie immer wieder Gott. Sie meldet sich ganz plötzlich. Wenn ich nur wüsste, woher sie kommt und wie ich sie loswerden kann. Oder soll ich einfach mit ihr leben lernen, so dass sie da ist, aber nicht mich beherrscht? Was hält mich immer so fest, bevor ich weggehen oder wegfahren möchte? Ist es die Stimme meiner Mutter, ihre Augen, ihre Drohungen, dass ich es nur zu Hause so richtig gut habe und draußen die falschen Menschen warten? Ich will es herausfinden!

Vier Jahre nach dem Austritt aus dem Kloster werden meine Panikzustände häufiger. Jetzt habe ich sie auch bei Mutti im Pflegeheim. Das ist so anstrengend, immer dagegen anzukämpfen und diese Angst vor der Angst zu haben. Der Beruf fordert, mein Partner kritisiert, Mutti braucht mich. Wo bleibe ich?

Mein Gott, ich schaffe es nicht mehr mit Mutti. Für sie ist alles doch nur eine schreckliche Qual. Bitte erlöse sie doch endlich von diesem Leiden!

Vielleicht bin ich jetzt egoistisch, aber ich kann nicht mehr, ich will sie loslassen. Sie tut mir so leid, ich sollte ihr helfen, aber ich schaffe es nicht mehr in dem Ausmaß, wie sie es erwartet. Ich bin so müde, leer und traurig.

Ich denke an meine Kindheit. Hat mich irgendwas so stark geprägt, bin ich vor mir selber davongelaufen, als ich ins Kloster gegangen bin? Ich möchte wieder Freude am Leben spüren und nicht immer diese lähmende Angst. Als ich eines Tages Kinder lachen und spielen sehe, werde ich so traurig, dass ich beginne zu weinen. Ich genieße meinen Balkon und die schönen Blumen. Nur hier, zu Hause, fühle ich mich wohl und sicher. Ich werde eine Therapeutin aufsuchen. Ich kann nicht mehr so weiterleben.

Ich weine um Mutti. Ich brauche sie. Ich möchte sie jetzt gesund bei mir haben, sie soll mich in den Arm nehmen und mir helfen. Ich weiß nicht mehr weiter. Warum kann sie nicht gesund sein?

Zu mir selber gut sein.
Den anderen Grenzen setzen.
Ich darf leben.
Ich werde noch einiges in meinem Leben verändern!

Ich weiß es: Ich liebe die Freiheit. Ich liebe es, unabhängig zu sein. Abhängigkeit wurde im Kloster gefordert und als Tugend hingestellt. Warum eigentlich? Menschen sollen zur Selbständigkeit erzogen werden, sie sollen frei und unabhängig sein.

Ich passe mich so leicht an und ordne mich unter, das habe ich irgendwann gelernt. Ich tue es automatisch und bemerke es oft gar nicht einmal. Es fällt mir schwer selbständig zu sein. Ich will es lernen, unbedingt. Ich ordne mich auch meinem Partner nicht mehr unter. Nein, das hat nun ein Ende!

Ich habe eine feste Meinung und ich werde sie vertreten. Tiefe Einsamkeit, Kälte, Isolation waren lange meine Begleiter. Davon will ich mich befreien und hinaustreten in die Welt, ins Leben. Mit anderen Menschen leben, etwas unternehmen. Leben ohne Zwang. Ich will nicht mehr müssen. Ich will selber entscheiden, was und wie lange ich etwas tue. Nicht meine Mutter, nicht mein Partner entscheiden, ich entscheide!

Es dauert eine Weile, aber ich habe eine gute Freundin gefunden. Wir unternehmen viel und haben Freude am Leben. Ich habe es geschafft, ins Kino und in die Oper zu gehen.

Doch plötzlich fühle ich mich in meine Kindheit zurückversetzt. Ein Gefühl von Enge, Angst und Hilflosigkeit erfasst mich und ich kann mich nicht wehren. Plötzlich aber bricht die Wut aus mir heraus. Ich tue all das, was ich will. Es ist gut. Ich entdecke, dass ich mir nicht von anderen alles befehlen lassen muss. Ich kann und ich darf selber entscheiden.

Meine Knie zittern, mein Herz klopft immer schneller, meine Hände sind kalt und feucht.

Noch ein Stockwerk, dann stehe ich vor der Zimmertüre. Ich öffne sie. Unsicher und suchend schweift mein Blick durch das Zimmer. Der Platz ist leer, ihr Bett ist nicht mehr da.

„Möchten Sie sie sehen?", höre ich eine weibliche Stimme fragen. „Ja, wo ist sie?", antworte ich. Wir gehen einen langen Gang entlang und bleiben vor einer Tür stehen. Ich lese die Aufschrift ‚Bad/WC'. „Gehen Sie ruhig hinein, wir hatten leider keinen anderen Platz. Tut uns leid!", höre ich die Krankenschwester sagen. Meine Freundin Karoline nimmt mich an der Hand und wir gehen gemeinsam hinein.

Regungslos, das rechte Auge leicht geöffnet, so als wolle sie alles um sich herum beobachten, liegt sie vor mir. Ich gehe näher an sie heran, schlage langsam die Bettdecke zurück. Ich möchte noch einmal ihre Füße, die ich so oft gebadet und gepflegt habe, sehen und berühren. Ich erstarre! An ihrem großen Zeh hängt ein Zettel, darauf steht ihr Vor- und Familienname. Ich lasse die Decke zurück, auf ihre Füße, fallen. Sie ist tot! Sie ist im Krankenhaus, in einem Bad, zwischen Badewanne, WC, Schüsseln und irgendwelchen Utensilien.

„Mama, ich möchte mich von dir an einem schöneren Platz verabschieden", denke ich. „Mama", flüstere ich und warme Tränen strömen mir über die Wangen. „Mama", schluchze ich und bedecke mit beiden Händen mein Gesicht. Ich presse meine Hände fest an meine Stirn, mein Körper bebt. „Mama, du bist erlöst von deinen Schmerzen", seufze ich und ganz viel Liebe und Zuneigung für sie erwachen in mir. Ich kann aber nichts anderes tun, als regungslos dastehen und auf ihr bleiches Gesicht starren. „Mama, danke, ich gehe jetzt", sage ich tonlos und wieder strömen mir die Tränen über die Wangen.

Ich nehme ihre Tasche mit, die ich vor einer Woche eingepackt habe, und wende mich zur Tür. Ich schaue noch einmal zurück auf Mama, ich sehe sie jetzt zum letzten Mal und möchte mir diesen Anblick ganz tief einprägen.

„Komm, wir gehen!", sagt Karoline. Liebevoll legt sie ihren Arm um mich und begleitet mich hinaus.

Wohin soll ich jetzt? Nach Hause zu meinem Ehemann, der mich nicht trösten kann? Oder zu Karoline, die mich versteht und mir Zuneigung und Wärme entgegenbringt? Ich fahre mit ihr und starre bei ihr zu Hause Löcher in die Wand.

„Woran denkst du?", fragt sie mich. „An früher", antworte ich.

„Dann schreib es auf, wenn du magst", sagt sie und bringt mir Papier, einen Stift und meine Tagebücher.

Nachdem meine Mutter gestorben ist, lasse ich eine Familienaufstellung machen. Ich lasse meine Eltern hinter mir und darf in mein eigenes Leben gehen! Es umarmen! Meine Aufgabe für das kommende Jahr ist leben und gehen.

Tatsächlich ist das Leben nicht leichter geworden, aber spannend und auch ernüchternd. Mit Bruder Emanuel wollte ich gemeinsam das Leben schrittweise erobern, aber es gelingt uns nicht. Er wendet sich von mir ab. Da wird mir klar: Er hat mich nie als seine Frau wahrgenommen. Das wollte ich lange nicht einsehen und habe mich angepasst, solange bis ich es jetzt nicht mehr ertragen kann. Ich wünsche ihm das Allerbeste, aber unsere Wege werden sich trennen. Was wird dann sein? Ich weiß es noch nicht! Aber das Leben wird weitergehen.

Mein Gott, ich vertraue dir.

Sieben keusche Jahre sind zu Ende, die Ehe mit Emanuel wird annulliert. Die Zeit war gefüllt mit Berufsarbeit und mit Besuchen meiner Mutter im Pflegeheim. Emanuel und ich haben wie Geschwister zusammen gelebt.

Es hat einige Zeit gedauert, bis ich mich wieder an das Leben außerhalb der Klostermauern gewöhnt habe. Ich habe die Stille vermisst und mich manchmal gewundert, von wie viel unnötigem Lärm und Gerede wir umgeben sind. Erst nach dem Tod meiner Mutter habe ich begonnen, meine Zeit bewusst zu gestalten. Ich habe sieben Jahre gelebt, aber doch nicht wirklich.

Die Monate vergehen und an einem besonders heißen Junitag sitze ich in Gedanken versunken auf einer Parkbank in jener Stadt, die mir als Schwester Antonia vertraut wurde. Ich habe gerade die Schwestern besucht, bei denen ich vor 16 Jahren, während meiner Ausbildungszeit, gewohnt habe.

Heute sitze ich hier, weil ich auf Wilhelm warte. Er hat beruflich hier zu tun, ich begleite ihn und nütze die Zeit, während er arbeitet, um alte liebgewonnene Plätze aufzusuchen. Ich habe nichts besonderes vor und möchte einmal einen ganzen Tag nur faul sein. Dafür lässt mir das Leben sonst nämlich keine Zeit. Bald bin ich 40 und ich habe erst im letzten Jahr den Mann gefunden, mit dem ich leben und ein Kind haben möchte. Ja, sogar ein Kind, ich bin selber ganz überrascht, was er alles in mir weckt. Ich mag ihn, ich glaube, ich liebe ihn. Ja, ich liebe ihn. Ich frage mich zwar manchmal, was Liebe wirklich ist und ob es sie noch gibt, aber dann gibt es Momente, da spüre ich sie tief aus mir hervorbrechen. Also, ich liebe ihn und möchte mein Leben mit ihm verbringen. Durch Wilhelm ist mein Leben sehr bewegt, ich möchte mich aber keinesfalls aufgeben. Ich bleibe ich und meine Beziehung zu Gott möchte ich auch nie verlieren.

Wilhelm liebt die Berge und er verbringt, genauso wie ich, seine Freizeit am liebsten in der Natur. Gemeinsam unternehmen wir schöne Wanderungen und ich entdecke dadurch immer mehr die Schönheit unserer Heimat. Leider kann ich mit Wilhelms Kondition nicht mithalten. Auch meine Ängste kommen immer wieder, aber nur sehr leicht, so dass ich mit ihnen leben kann. Wilhelm ist einfühlsam und eines Sonntags bin ich so motiviert, dass ich mich das erste Mal in eine Höhle wage.

Wilhelm räumt lange in seiner Garage herum, bis er die gesamte Ausrüstung beisammen hat. Ich schaue ihm mit Interesse zu, wie er Helme, Karbidlampen, Gummistiefel, zwei Schlaz – wasserfeste Anzüge –, Karbid und Seile in den Kofferraum packt. Dann starten wir und nach einer guten halben Stunde Autofahrt parkt Wilhelm das Auto unter einem Baum. Wir packen die Sachen in unsere Rucksäcke und dann beginnt der Zustieg zur Höhle. Wir steigen über Äste und Gestrüpp, der Weg bis zur Höhle ist verwachsen und schwer zu finden. Wilhelm packt ein Halteseil aus und bindet es an einem Baum fest, damit wir leichter den extrem steilen Hang zum Höhleneingang hinabsteigen können. Aus dem Höhleneingang kommt ein kalter Luftzug und ein kleiner Bach plätschert vor sich hin, während wir in unsere Gummistiefel steigen und den Schlaz überziehen. Wilhelm füllt frisches Karbid und Wasser in die Lampen, dann setzt er mir den Helm auf und zeigt mir, wie ich die Flamme entzünden kann. Wir lassen die Rucksäcke vor dem Höhleneingang und nun wage ich mich ins dunkle Innere des Berges. Wilhelm hält mich an der Hand, er geht voraus und ich hinten nach. Wir kommen anfangs nur gebückt voran, ich lasse ihn los, denn ich brauche beide Hände zum Vorwärtskommen.

Mit jedem Schritt eröffnet sich mir eine neue, völlig unbekannte Welt, die vom Licht der Karbidlampe schemenhaft kurz erhellt wird. Ich bewege mich weiter hinein in die Dunkelheit und vor mir tauchen immer wieder andere, bizarre Eindrücke auf, die dann wieder in der Dunkelheit verschwinden und Platz für Neues machen. Vor einem Wasserfall bleiben wir stehen und Wilhelm ermuntert mich, mit ihm die Wandstufe hochzuklettern. Er schaltet dazu das elektrische Licht der Stirnlampe ein. Ich bin mir nicht sicher, ob meine Kräfte dazu reichen werden, aber ich versuche es. Nach dem Wasserfall folgen wir dem Wasserlauf weiter ins Bergesinnere. Das Rauschen des Wasserfalls wird leiser und leiser, ich höre nur noch ein leises Plätschern. Ich bin fasziniert und überwältigt von dieser Ruhe. Nur das Plätschern des Wassers ist zu hören, sonst nichts, absolute Stille. Wir schalten für einige Momente das Karbidlicht aus und tauchen in die völlige Ruhe und Dunkelheit ein, wir umarmen uns und genießen die Zweisamkeit, nur wir Zwei. Anschließend machen wir uns auf den Rückweg. Ich bleibe nochmals für ein paar Sekunden stehen und genieße den Augenblick, bevor ich ans Tageslicht trete. Wir befreien uns gegenseitig aus den nassen Sachen und lassen uns von der Wärme der Sonne trocknen. Ich bin müde, glücklich und es kommt mir vor, als wäre ich gerade von einer weiten Reise zurückgekommen. Ich wünsche mir, die Zeit könnte stehen bleiben. Alles ist so anders. Wilhelm hält meine Hände, er streichelt und küsst mich, wir liegen eng nebeneinander auf einer sonnengewärmten Steinplatte. Ich kann seinen Atem hören und spüre die Wärme seines Körpers; Hände, die zärtlich über meinen Körper streichen. Er weckt in mir die Sehnsucht und die Leidenschaft, mich ganz mit ihm zu vereinen, loszulassen, mich fallen zu lassen und einzutauchen in den Strom der Liebe. Es ist ein Einswerden mit mir, mit ihm. Ich spüre die Liebe aus mir strömen, aus allen Poren meines Körpers. Tränen der Ergriffenheit und des Glücks laufen an meinen Wangen entlang und ich bitte Gott, unsere Liebe zu segnen. Wir halten uns noch lange fest umschlungen, dann lösen wir die Umarmung und kleiden uns an. Im glühend roten Licht der Abendsonne kehren wir zu unserem Auto zurück. Der Tag endet mit einem gemeinsamen Abendessen in einem Gastgarten. Wir sitzen noch lange in der lauen Abendluft und träumen gemeinsam von unserer Zukunft, wie es sein wird, wenn ich schwanger werde und wie sich unser Leben verändern wird, wenn wir ein Baby bekommen.

Wilhelms Hände gleiten flink über die Tasten seines Flügels. Jeden Morgen belebt er die Wohnung mit klassischer Musik oder flotten Jazzrhythmen. Auch das ist ein wichtiger Teil seines Lebens und ich habe daran teil. Ich beobachte, wie seine sonst tatkräftigen Hände den Flügeltasten die Musik entlocken. Während er spielt, beuge ich mich über sein wirr zerzaustes Haar und nehme seinen Duft in mich auf. Ich liebe ihn. Und gerade deswegen, weil ich ihn so liebe, habe ich manchmal Angst vor einer Enttäuschung und vor dem Schmerz. Die Liebe aber ist stärker als die Angst und ich tanze zu seinen Rhythmen, ich tanze mich frei, ich tanze hinein in unser neues gemeinsames Leben.

CPSIA information can be obtained
at www.ICGtesting.com
Printed in the USA
BVHW03062420082Q
783902 647132 1